논,

밥 한 그릇의 시원(始原)

논

밥 한 그릇의 시원 始原

mago books
마고북스

지상의 그 어떤 건축물보다 아름다운

최용탁 | 농사짓는 소설가

고대광실에도 오막살이에도 하루 세 번 밥상이 차려진다. 산해진미의 수라상이거나 간장 한 종지의 개다리소반이라도 김 오르는 밥 한 그릇은 늘 제자리에 오른다. 어쩌면 평생의 희로애락처럼 누구에게나 공평한 것은 숟가락 하나, 밥 한 그릇이리라. 제일가는 부자라도 열 그릇을 먹을 순 없고 가장 빈한한 이에게도 한 그릇은 돌아가야 하는 것. 그러니까 밥은 물이나 공기 같은 것이다. 하지만 너무도 분명하게 밥은 공기가 아니다.

쌀도 보리도 어디선가 누군가가 키워낸다. 심고 키우고 털고 찧는다. 그러나 그 누군가의 정체를 밝히는 일은 쉽지 않다. 농민일까, 하늘일까, 흙일까, 그 모두일까.

이 아름다운 책의 지은이는 그 모두와 더불어 기나긴 우리의 역사가 있다고 말한다. 수천수만 년 동안 쏟아 부은 쌀을 얻기 위한 노력, 그것은 차라리 위대한 전쟁이었다. 그리고 그 더딘 전쟁에서 얻은 소중한 전리품이 바로 '논'이다. 하동과 구례, 괴산과 영월의 다랑논들은 그 고난의 세월들을 고스란히 품고 있다. 게다가 청산도의 구들장논이라니! 말을 거두고 마땅히 그 앞에 경배해야 하리라.

책에 실린 사진 한 장 한 장에 오래도록 눈이 머물렀다. 아련한 추억에 잠기기도 하고, 사라진 풍경들을 떠올리기도 하고, 사진 자체의 아름다움에 흠뻑 젖기도 했다. 그리고 책장을 덮을 즈음에는 무언가 내 내부의 찌꺼기들이 씻겨 내려간 것 같은 감정이 강하게 느껴졌다. 물꼬를 빠져나온 논물이 내 안을 돌아 나간 것 같았다.

농촌에서 태어난 까닭에 어렸을 때부터 논농사짓는 것을 보고 자랐다. 지금도 닷 마지기 논농사를 짓는다. 그렇다고 해서 전통적인 논농사의 세세한 과정을 다 알진 못한다. 무엇보다 나는 가래질, 쟁기질, 써레질 등을 해보지 않았고, 심지어 모내기와 가을걷이도 한 적이 없다. 모두 기계가 하기 때문이다. 농사일의 힘겨움을 아는 나로서는 기계의 힘에 탄복할 뿐이다. 다만, 마음은 스산하다.

논농사를 중심으로 이루어지던 농경문화의 풍성함도 그저 아스라한 추억으로 남아 있다. 논두렁을 태우고 쥐불을 놓고 망월을 돌리던 추억은 조금씩 화석이 되어갔고, 모내기나 타작 무렵에 귀청 터지게 울리던 꽹과리 소리, 날라리 소리도 아주 먼 기억의 끄트머리일 뿐이었다. 아무도 귀 기울이지 않는 이야기였다.

그런데, 마치 말 없고 외로운 다랑논인 양, 오랫동안 그 쓸쓸함을 사진과 글로 여투어낸 사람이 있었다. 사진과 글, 둘 다 논과 논농사에 대한 애정이 깊게 배어 있었다. 고맙고도 놀라운 일이다.

　단언하건대, 사람이 자연과 더불어 살면서 이루어낸 수많은 것들 중에 논보다 위대한 창조물은 없다. 지상에 솟은 그 어떤 건축물이 그 앞에서 아름다움을 뽐내랴.

　　　부안 가는 직행버스 안에서 나도 좋아라
　　　金萬頃 너른 들에 물이 든다고
　　　누구한테 말해주어야 하나, 논이 물을 먹었다고
　　　논물은 하늘한테도 구름한테도 물을 먹여주네
　　　논둑한테도 경운기한테도 물을 먹여주네
　　　방금 경운기 시동을 끄고 내린 그림자한테도,
　　　나는 어떻게 해야 하나 누구한테 연락을 해야 하나
　　　저것 좀 보라고, 나는 몰라라
　　　　　　　　　　　　　　－안도현 시 〈논물 드는 5월에〉 중에서

　눈을 잡아매는 사진들에 오래 머물러가며 느리게 책장을 넘기다 보면 갑자기 쓸쓸함이 밀려오거나, 시인처럼 마음이 달떠 누군가에게 전화를 하고 싶을지도 모른다. 논에는 그런 힘이 있다.

물은 생명의 맨 처음 어머니. 잠자리도 물방개도, 달개비도 방동사니도, 아담과 이브도 물이 잉태하고 키웠을지니. 한 배미의 논에 담긴 물 속에는 별보다 많은 생령들이 숨쉬고 있으리라. 강화.

이른 봄. 쟁기가 지나간 자리. 자운영은 뿌리가 끊기고 이내 물에 잠길 테지만 4월의 남도를 수놓았던 그 기운과 꽃향기는 실한
벼 이삭으로, 한 그릇 흰 쌀밥으로 우리의 밥상에 오를 것이다. 하동.

사람이 사는 곳이면 어디든 벼는 자란다. 돌밭을 일구어 논을 만들고 나온 돌로 논둑을 삼아 벼들은 제주의 모진 바람을 이겨낸 다. 벼잎과 벼잎이 서로를 안으면 어떤 바람도 이들을 쓰러뜨리지 못한다. 제주.

이삭이 고개를 숙였다. 가을을 느낀 이삭들이 서로에게 경배한다. 비바람과 모진 햇살을 서로에게 기대며 견뎌낸 이웃들이다.
사람이 알 수 없는 우주의 기도다. 벼는 벼끼리 가을을 맞는다. 장수.

태풍이 마지막 자락을 드리운 들녘은 비상사태다. 벼들이 놀란 듯 쫑긋, 곤추서 있다. 멀리 지나치는 고속철도 안의 사람들은
이 들녘의 긴장을 알고 있을까. 전선들만 무심하게 구름 속에 걸려 있다. 평택.

논, 밥 한 그릇의 시원(始原)

남녘이라도 아직 한겨울인데 농부의 마음은 급하다. 싸리나무로 엮은 지게 소쿠리에 손때 묻은 연장을 얹고 하동 평사리 길을
오르는 농부.

무덤이들판 너머엔
산비탈
다랑논

　　하동읍에서 악양면 평사리로 가는 길, 양쪽의 들판은 온통 배나무밭이다. 기나긴 세월 동안 백두대간에 떨어진 빗물이 이리 모이고 저리 합쳐 섬진강을 이루었고, 때로는 범람하고 때로는 메마르면서 이 일대를 모래가 많이 섞인 사질토양으로 만들어주었다. 물빠짐이 좋고 아침저녁으로 지리산의 서늘한 기운이 배에 스미어 하동의 배는 맛이 좋기로 유명하다. 봄날, 때를 잘 맞추면 배꽃이 환한 밤길을 걷는 호사를 누릴 수도 있다.

　　지리산이 어깨를 내어주고 섬진강이 허리를 감싸주는 악양면 평사리는 박경리의 대하소설 《토지》의 무대이기도 하다. 드넓은 들판 어디쯤에는 기울어가는 집안을 붙들고 종들을 호령하던 최참판댁 윤씨 부인의 발길도 닿았으리라. 서희의 사랑과 복수도, 근대에 눈뜬 젊은이들의 들뜬 발걸음

언 땅을 뚫고 보리싹이 올라온다. 초록의 새순은 땅을 들썩거리게 한다. 그래서 보리밟기를 해야 한다. 밟을수록 더 야무진 싹이 올라오는 우수 경칩쯤. 초록이 아름답다.

도 평사리 들판에 우뚝 선 두 그루의 소나무 밑에서 땀을 들였으리라.

평사리를 한눈에 보고 싶으면 하평마을 위에 있는 한산사로 올라가면 된다. 넓은 평야 너머 지리산 자락이 흘러가고 산 아래 마을은 아스라이 안개에 싸여 있다. 섬진강 줄기는 굽이져 흐르다가 백운산을 돌아 사라진다. 이 너른 들은 '무딤이들판'이라는 아름다운 이름을 가지고 있다. 무딤이는 평평하다는 뜻이고 흙 속에 모래가 많으니, 평사리라는 말과 같은 뜻이다. 악양면에서 가장 너른 들이어서 악양벌이라 부르기도 한다.

그래도 호남의 광활한 평야에 비하면 그저 널찍한 들녘일 뿐이다. 이

들판도 그리 오래된 것은 아니다. 1965년, 섬진강에 제방을 쌓고 경지 정리를 하면서 지금의 너른 논이 되었다. 그 전까지는 버드나무와 잡목이 우거지고 군데군데 논들이 흩어져 있는 정도였다. 그나마 논들도 섬진강의 범람으로 자주 수해를 입는 터여서 농사짓기에 좋은 땅은 아니었다. 이곳의 인심을 말해주는 '거지가 악양에 오면 1년은 놀고먹을 수 있다'라는 말은 그러니까, 경지 정리로 넓은 들판이 생긴 후 나온 말일 것이다. 평사리 들판은 농로가 모두 콘크리트로 포장되어 있고 섬진강 제방의 수문으로 물이 들어와 안전하고도 풍요로운 벌이 되었다.

익은 보리 뒤에 어린 모판들이 줄을 지어 있다. 보리와 벼를 번갈아 이모작을 한 지는 그리 오래되지 않았다. 그 놀라운 땅심이 온 국민의 밥상이 된다. 땅은 힘이 세다.

     평사리의 너른 들녘과 달리 마을 쪽으로 올라갈수록 다랑논들이 즐비하다. 한산사로 올라가는 길 주변도 그렇고 지금은 주차장으로 변해버린 최참판댁(《토지》 1부의 중심 무대인 최참판댁은 실제로 존재했던 집이 아니고 작가의 상상력이 빚은 것이다. 박경리는 훗날 평사리에 왔다가 자신이 묘사해놓은 평사리와 너무도 흡사하여 놀랐다고 한다. 소설 속 허구의 집을 현실에 재현해놓은 것이 지금의 최참판댁이다) 올라가는 길 주변도 온통 다랑논이었다. 최참판댁 대청에서 바라보면 광활한 평사리 들녘과 총총히 계단을 이룬 논배미들이 어우러진 풍경이 눈에 들어온다. 구불구

불한 논둑을 사이로 크고 작은 논들이 올망졸망하고 그 가운데에 오래된 감나무도 한 그루 자리를 잡고 있다. 경지 정리가 잘된 논들과 다랑논들은 근대와 현대가 공존하고 있다는 느낌을 준다. 해마다 엄청난 규모의 논들이 도로나 산업단지, 택지 등으로 사라져가고 있는 첨단의 세월에 다랑논들은 과거의 유물 정도로 밖에는 여겨지지 않을 것이다. 실제로 다랑논들은 기계로 작업하기가 어려워 경제적인 측면에서 보면 아무런 가치도 없다. 그러나 논농사가 그렇듯이 논은 언제나 경제적 가치보다 높은 무언가가 있다.

악양은 지리산 쪽으로 갈수록 돌이 많아서 집집마다 돌담을 쌓았다. 담 옆의 다랑논이나 텃논의 논둑도 돌이다. 돌담이 쳐져 있는 보리밭은 이곳의 독특한 풍경으로 제주도의 그것과는 또 다른 정취를 느끼게 한다. 동매리, 매계리, 봉대리 등의 마을로 향하는 길가의 작은 다랑논들은 오랜 가난과 귀하디 귀한 쌀을 얻기 위한 우리 조상들의 피땀이 일군 것이다. 그 땅을 일구며 손톱이 닳고 뼈마디가 굵어져도 봄날의 꽃과 가을의 낙엽은 무심히 오갔으리라.

자운영 꽃밭

보리를 갈지 않은 논들마다 자운영이 활짝 피었다. 연연히 붉은 자운영꽃이 논과 논을 넘어 논둑에도 길가에도 물결을 이루었다. 꽃향기와 더불어 봄의 훈기를 맡은 땅은 새 생명을 잉태할 기지개를 켜고 농부는 걸어두었던 쟁기를 손본다. 겨우내 마른 여물만 되새김하던 상일꾼 우(牛) 서방도 연초록 풀잎들에 맑은 침이 고인다.

벼가 자리를 비운 사이 자운영이 피고 자운영이 진 자리에 벼가 자란다. 자운영은 제 생명 모두를 땅에게 주고 또 내년을 기약한다. 그것이 짧은 자운영의 삶이다. 평사리의 봄 들녘엔 자운영이 핀다.

물결치는 푸른 보리밭

보리밭을 보며 애태우던 시절이 있었다. 고개 중에 제일 험하다는 보릿고개를 넘노라면 보리는 왜 그리 더디 여무는지. 깜부기가 바람에

그림 같던 평사리의 다랑논. 이 논들이 최참판댁을 찾는 손님들의 주차장으로 변해 지금은 볼 수 없는 풍경이 되었다. 그러나 평사리에 최참판댁은 한 번도 존재하지 않았다.

벼가 익었다. 가뭄에 물이 모자라거나, 큰물에 논둑이 터지면 다랑논의 주인들은 먹살잡이도 했으리라. 이제 되었다, 나락을 거두어 배를 불리라. 넉넉한 지리산 그늘이 마을을 감싼다.

날리면 미처 덜 여문 보리를 구워 먹기도 했다. 씹을수록 고소했던 그맛.

평사리의 들녘에 보리가 물결친다. 겨울의 칼바람을 맞으며 언 땅을 뚫고 올라온 보리의 어린싹이 어느새 푸른 바다가 되었다. 산수유, 매화가 화려하게 피었다 지고 나면 지리산의 큰 나무들도 연초록 옷을 갈아입기 시작한다. 꽃들이 봄을 노래하는 동안 보리는 논에서 묵묵히 제 키를 높여 가고, 매향이 잦아들고 벚꽃이 날리면 보리가 익기 시작한다. 보리가 익으면 힘에 겨운 감꽃이 후드득 바람에 떨어지고 늦게 눈뜬 대추나무에도 콩알만 한 대추가 조롱조롱 열린다.

4월은 자운영꽃이 피는 계절. 별당에 갇혔던 서희의 눈에도 이 꽃이 아른거렸으리라. 노염에 찬 구천이의 발길이 이 꽃들을 밟고 내달리지는 않았을까.

이내 황금물결이 된 보리밭이 평사리의 들판과 악양골의 다랑논들을 수놓으면 봄이 가고 여름이 온다. 보리가 베어지고 쟁기가 바빠진다. 트랙터에 달린 쟁기나 소가 끄는 쟁기나 바쁘기는 마찬가지다. 평사리의 5월은 그렇게 분주하다.

만석꾼의 꿈

무덤이들판에도, 다랑논에도 벼들이 고개를 숙였다. 다랑논들

지리산과 백운산의 나무들이 가을빛을 띠면 섬진강 물소리는 더욱 고즈넉하고 들판의 벼는 황금의 물결이다. 들판의 부부 소나
무만이 늘 푸르다.

이른 봄, 냉이나 겨우 나왔을까. 호미를 든 아낙이 잰 발걸음을 놀린다. 도회지에서 온 아들에게 나물 한 접시를 무쳐주고 싶은
게지. 그런데 너무 이르다. 보리도 겨우 싹을 내밀었을 뿐이니.

의 벼 이삭 사이로 메뚜기들이 뛴다. 아직은 따가운 가을 햇볕, 스쳐가는 바람 한 줄기에 벼들이 몸을 비비며 수런거린다. 이삭이 너무 실한 논배미에서는 벼들이 비스듬히 누웠다. 모내기에서부터 타작마당까지 어쩌면 그리 길지 않은 날들이다. 길어야 5개월 남짓이다. 그 다섯 달 동안 하늘과 땅과 비와 바람이, 해와 달과 별이 논배미에 있었다. 그리고 사람이 있었다.

이제 아무도 만석꾼의 꿈을 꾸지 않는다. 부의 척도가 땅이 되었을지언정 볏섬이 아닌 지는 이미 오래되었다. 타작하는 들녘에 꽹과리와 징이 울리고 열두 발 상모가 돌아가도 예전의 흥이 이는 것은 아니다. 더 이상 쌀이 귀한 세상이 아니다. 농민도 사라져가고 논도 사라져간다.

벼 밑동만 남은 다랑논에 지리산 가랑잎이 떨어져 덮인다. 너른 들은 너른 들대로, 산골짝 좁은 골은 좁은 골대로 빈 논배미는 하나같이 황량하다. 다랑논 한쪽의 감나무엔 까치밥 홍시가 두어 개 매달려 있고 들판의 두 그루 소나무는 그저 푸르다. 줄 것을 다 주고 난 후의 고요한 침묵이 가을 들판이 전해주는 말이다.

마을 이장이 맥주보리 종자를 신청하라는 방송을 한다. 아직 자운영과 호밀을 파종하지 않은 농가에 무료로 나누어준단다. 방송은 지리산 골짝을 울리고 들녘에 메아리친다. 사람들은 이리저리 분주해도 평사리의 논배미는 섬진강 새벽안개에 싸여 호젓하게 겨울을 날 것이다. 그리고 아주 오랫동안 그랬듯이 봄이 오기 전에 깨어나 또 한 해를 시작할 것이다.

평사리의 가을이 깊어지고 논의 한해살이도 저물어간다.

소나기 지나간 여름 하늘, 산도 들판도 씻은 듯 눈이 부시다. 높은 산이 낮은 산을 밀어내지 않듯 넓은 들은 좁은 다랑이들을 사이사이 품고 있다. 사람이 사는 일도 그와 다르지 않을 터인데……. 하동.

한 배미 논의
기나긴 역사

벼농사가 언제 어디서 시작되었는지, 그리고 논을 누가 언제 처음 만들었는지 기록으로 남아 있는 것은 없다. 다만 인류가 먹을 것을 찾아 이리저리 옮겨다니던 구석기 시대에 야생 습지에서 야생벼를 채취해 먹었을 것으로 추측할 따름이다. 그러다가 신석기 시대로 넘어오면서 원시 농경이 시작되었고 인류는 점차 식량을 생산하게 되었다.

이처럼 신석기 시대와 청동기 시대를 거치면서 농경생활에 큰 변화가 일어났는데 그 중 가장 획기적인 변화는 인류가 물가에 정착해 야생 습지를 이용하여 벼를 재배하게 되었다는 것이다.

보리와 밀, 콩을 재배하던 것에서 나아가 논에서 벼를 기르게 되면서 사람들은 더 이상 이동할 필요가 없게 되었다. 벼를 재배하는 논을 만들고 그 땅에 머물게 되면서 땅의 소유를 정하게 되었고, 그 주위로 사람들이 하나 둘 모이기 시작했다. 그렇게 논은 사람들이 한곳에 터를 잡고 정착생활을 영위하게 하는 터전이 되었다.

'다루왕 6년에 논을 만들게 하였다'

벼는 기원전 2000년경에 중국에서 들어온 것으로 알려져 있다. 하지만 논이 언제 만들어졌는지에 대한 기록은 훨씬 뒤인 삼국 시대에 이르러서야 처음으로 확인된다.

《삼국사기》 백제 본기에 보면 "다루왕 6년(A.D 33년) 2월, 나라의 남쪽 주군(州郡)에 벼농사를 위한 논을 만들게 하였다"라는 기록이 나와 있다. 논을 만들었다는 우리나라 최초의 기록이다.

이후 고이왕 9년(A.D 242년) 2월에 남택(南澤)에 도전(稻田)을 개간

언제나 가장 중요한 것은 양식이었다. 그저 세 끼 배를 불리는 것이 인류의 목적이었다. 한 뼘의 논을 만들기 위해 손과 발이 닳았다. 오래 전 이야기가 아니다. 불과 백 년 전, 아버지의 할아버지 적, 그 손과 발이 우리를 낳았다. 하동.

하게 했다고 되어 있다. 여기서 남택은 지명이 아니고 그냥 남쪽의 어느 택지를 가리키는 것으로 풀이된다. 이렇게 논에 대한 기록은 《삼국사기》에서 시작되고 있다. 이후 통일신라 시대에 논 면적이 크게 늘어나면서 쌀 생산량도 늘어나게 된다.

삼국 시대에는 단순히 논과 밭으로 구분되던 농경지가 통일신라 시대에 와서 좀 더 세분화되기 시작한다. 이 시기의 논은 저답과 오답으로 나뉜다. 냇물이나 늪, 연못으로 둘러싸인 습한 땅에 있는 논을 저답이라 하고, 산과 산 사이의 골짜기에 있는 논을 오답이라 한다.

고려 시대에는 논의 등급을 상중하 세 가지로 나누어 세금을 징수했다. 인구가 증가하면서 산을 개간해 농지를 만들었는데 오늘날 볼 수 있는 계단식 논도 고려 시대부터 만들어지기 시작했다. 고려 후기에 와서는 간척 사업이 본격적으로 추진됐다. 이후 저수지가 많이 만들어진 것도 논의 면적을 늘리는 데 기여했다. 그러나 고려 말 잦은 전쟁으로 농민들이 고향을 떠나면서 농토가 황폐화되기 시작했고 논 면적도 급격히 줄어들었다.

조선 시대에 들어 농민들이 버려진 땅을 개간하면서 논의 면적이 다시 늘어나기 시작했다. 밭농사보다 논농사를 더 중시했던 풍토도 논 면적을 늘리는 데 기여했다. 그 결과 15세기 초반에는 농지가 170만 결(곡식 20석을 수확할 수 있는 농지 단위) 정도에 이르렀다. 16세기에 들어와서는 황무지를 농토로 일구는 개간도 활발하게 진행되어 논과 함께 밭도 늘어났다. 당시 전체 농경지 중 논은 20퍼센트, 밭은 80퍼센트 정도였으나 19세기 말에는 논의 비율이 30퍼센트로 늘어나게 되었다. 농민들이 부지런히 땅을 일구어 농경지가 늘어난 만큼 농업 규모도 커지게 되었다.

이렇게 논이 늘어났지만 그렇다고 조선 시대 농민들이 모두 자기 땅을 갖고 농사를 지을 수 있었던 것은 아니다. 대지주의 땅은 주로 노비들이 논 주위에 집을 지어놓고 경작했는데 이들 대부분은 매달 양식을 받거나 가을에 수확한 농산물을 가지고 배당을 받았다. 일반 농민들도 자기 땅을 갖지 못하고 지주의 땅을 임대해서 농사짓는 경우가 많았다. 땅주인에게 겨우 낯 마지기 논을 임대해서 농사를 짓고 가을에 수확을 하면 소작료를 냈다. 때문에 일반 농민들은 힘들게 농사를 지어도 먹고살기 힘든 고단한 나날을 보내야 했다. 자기 땅을 갖고 맘껏 농사를 짓고 싶어도 그러지 못하는 심정이 오죽했을까. 토지에 대한 농민의 애착은 채만식의 소설 〈논 이야기〉나 김정한의 〈사하촌〉 등 우리 근대 소설에 곧잘 등장하는 소재이기도 하다.

동아시아에서 가장 오래된 무거동 논

논은 물을 가두어 벼를 심는 땅이다. 바닥을 평평하게 고르고 가장자리에 흙을 둘러 논두렁을 만든 다음 그 안에 물을 채워 벼를 재배한다.

논의 용도는 주로 벼를 재배하는 것이지만 다른 작물을 심는 경우도 있다. 물이 있는 상태에서는 벼, 미나리, 연근, 피 등을, 물을 뺀 상태에서는 보리, 밀, 호밀, 마늘, 자운영 등을 재배한다.

벼는 신석기 시대 유적에서도 일부 확인되지만 청동기 시대에 이르러서 본격적으로 재배되었다. 여주 흔암리와 부여 송국리 주거지에서 발견된 탄화미가 이를 증명한다. 울산 검단리 유적의 토기에서도 볍씨가 박힌 흔적을 볼 수 있다. 이렇게 벼는 여러 차례 발견되었지만 논은 좀처럼 발견되지 않았다. 그러던 것이 1999년에 청동기 문화를 바탕으로 한 논이

울산광역시 남구 무거동에서 발견되었다. 무거동 논은 아파트 공사를 하면서 발견되었는데 기원전 9~10세기 즉, 청동기 시대에 사용되었던 논으로 확인됐다. 이전에도 탄화미와 조 등의 곡식이 발견돼 우리 조상이 청동기 시대부터 농사를 지어왔다는 사실을 추측은 했지만 논이 발견된 것은 처음이었다. 아직까지 동아시아에서 청동기 시대의 논이 발견된 기록이 없어 무거동 논이 동아시아에서는 가장 오래된 논이 되는 셈이다.

무거동 논은 한 배미의 면적이 보통 1~3평 정도로 나뉘어져 있다. 이는 겨우 한 사람이 앉아서 작업할 수 있는 공간으로, 그 자리에서 손만 뻗으면 모든 작업을 할 수 있을 정도의 넓이다. 당시에는 모든 작업이 사람의 손을 통해 이루어졌으니 논의 면적이 작은 것은 당연한 일일 것이다.

우리나라의 청동기 시대 벼농사는 일본으로 전래되어 일본의 야요이 문화에 큰 영향을 미쳤다. 무거동 옥현 유적지의 논이 발견됨에 따라 일본이 주장하고 있는 일본 벼농사 기원설이나 일본의 농경이 한반도를 거치지 않고 인도 등 남방에서 직접 전래되었다는 일본의 학설은 더 이상 설득력을 갖지 못하게 되었다.

1998년, 충북 청원군 옥산면 소로리에서 세계에서 가장 오래된 볍씨가 발견되기도 했다. 그동안 세계 최고(最古)의 볍씨는 1997년 중국 허난성에서 출토된 약 1만 년 전의 것으로 알려져 있었으나 소로리의 볍씨는 약 1만 3000여 년 전의 것으로 확인됐다. 그 전에 한국에서 발견된 것 중 가장 오래된 것은 1991년 경기 고양시 일산에서 출토된 약 5020년 전의 볍씨였다. 소로리에서 발견된 볍씨가 야생벼인지 재배벼인지 아직 명확하게 밝혀지지 않았지만 논농사와 관련된 자료들이 속속 발견되고 있는 것은 다행스러운 일이다.

하늘이 돕지 않으면 스스로 도와야 한다. 논을 만들었듯이 물도 만들었다. 물을 가두자! 이천 년 전쯤 누군가 외쳤을 때 사람들은 조심스레 느꼈을 것이다. 우리가 어쩌면 이 자연의 주인일지 모른다고. 구례.

자연을 본뜬 인공 습지, 논

논은 습지라는 자연의 형태를 본떠 인간이 만든 것이다. 습지란 '물기가 있는 축축한 땅'을 말한다. 늘 물을 머금고 있고, 가뭄에도 물이 마르지 않고 고여 있는 하천이나 연못 등에 있는 습한 땅을 가리킨다. 논으로 말하자면 사계절 물이 차 있는 무논과 비슷한 환경을 가지고 있는 곳이 자연 상태의 습지다.

다양한 생명체가 그 어느 곳보다 온전한 생태계를 이루고 있는 습지는

오늘날 람사르조약(정식 명칭은 '물새서식지로서 특히 국제적으로 중요
한 습지에 관한 협약')에 의해 보호되고 있다. 야생벼도 습지에서 살아가
는 생명체 중 하나다.

벼를 논에서 재배하기 전에는 야생 습지에서 자라고 있는 야생벼를 채
집해서 먹었을 것이라고 추측된다. 야생벼는 밭 같은 건조한 땅이나 소금
물처럼 염분이 있는 곳에서 자라기도 하지만 주로 습지에서 자란다. 습지
에서 자라는 야생벼는 낟알이 작고 이삭에서 쉽게 떨어지는 등 재배벼와
는 조금 다른 성질을 가지고 있다. 현재 세계적으로 20여 종의 야생벼가
존재한다고 알려지고 있는데 오늘날 재배하고 있는 벼는 이 야생벼에서
유래되었다.

본격적인 농경이 시작되기 전 사람들은 메콩강처럼 큰 강에 생긴 야생
습지에서 배를 타고 다니며 야생벼를 수확했을 것이다. 그렇게 해서 야생
습지 주위로 모여든 사람들은 일정량의 야생벼를 채집하여 벼를 수확할
수 있게 되고 더 나아가 채집한 야생 볍씨를 이 습지에 뿌려 더 많은 벼를
수확하게 되었을 것이다.

시간이 흘러 더 많은 식량이 필요하게 되자 이번에는 벼를 재배할 공간
을 인위적으로 조성할 필요를 느끼게 된다. 야생벼가 자라는 야생 습지는
물 빠짐이 좋아 물의 양을 쉽게 조절할 수 있다는 데 착안한 사람들은 이
와 비슷한 역할을 할 수 있는 땅을 인공적으로 만들어 벼를 재배할 수 있
도록 했다. 가장 중요한 물 조절 기능은 두 개의 물꼬 즉, 물이 들어오는
물꼬와 나가는 물꼬를 만들어 해결했다.

이처럼 야생 습지를 본떠 벼를 재배할 수 있도록 만든 공간이 오늘날
우리가 보는 인공 습지 즉, 논이다.

누가 처음 이 야생벼를 입 안에 넣고 씹어보았을까. 어떤 풀씨와도 다른 그 맛에 황홀했으리라. 그렇지만 그가 맛본 이 벼가 수
십억 인구의 주식이 될 줄은 알지 못했겠지. 농촌진흥청.

야생에서 자연 습지로, 다시 인간이 만든 습지 즉, 논으로 오게 된 벼는 기나긴 세월 동안 사람과 거주하게 된다. 볍씨로 뿌려지다가 이앙법이 일반화되면서 논에서의 벼의 한해살이는 모내기로 시작한다. 경산.

벼농사엔 연작 피해가 없는 이치

  벼를 기르기 전에는 산에 있는 나무나 풀을 몽땅 태워 개간한 땅에 피나 기장 등을 길렀다. 오늘날 화전이라고 부르는 농사법이다. 이런 농작물은 몇 년을 같은 땅에서 연이어 재배하면 토지가 황폐해져서 잘 자라지 않는다.

  이처럼 같은 땅에 같은 작물을 계속 심어 땅이 못 쓰게 되는 것을 연작 피해라고 한다. 아무리 기름지고 좋은 땅이라도 연작 즉, 해마다 쉬지 않

물꼬를 트자, 라고 말하곤 한다. 물꼬는 논에 물을 대고 빼는 작은 수문이다. 그러나 물꼬는 작은 것이 아니다. 이 작은 문이 막히면 논에 사는 어떤 생물도 견뎌낼 수 없다. 구례.

고 같은 작물을 심으면 작물이 잘 자라지 못하고 열매도 잘 열리지 않는다. 그 피해를 줄이려면 해마다 작물을 바꾸어 재배하는 돌려짓기를 하거나 황토나 활성탄 같은 것을 넣어 땅을 기름지게 해야 한다.

하지만 논에는 해마다 벼를 재배해도 여전히 벼가 잘 자라고 낟알이 잘 열린다. 밭에서 벼를 재배하면 2~3년에 한 번은 연작 피해가 나타나지만 논은 한자리에서 수천 년 동안 벼농사를 지어도 연작 피해가 나타나지 않는다. 그 비밀은 논을 가득 채우고 있는 물에 있다. 물이 연작 피해를 막아주는 중요한 구실을 하기 때문이다.

물은 흙 속에 있는 양분을 녹여 벼에 전달한다. 다시 말해 공기에 있는 양분이나 흙 속에 있는 양분을 물에 녹여 벼가 빨아들이기 쉬운 형태로 바꿔주는 역할을 한다. 뿐만 아니라 물이 땅속으로 침투하면서 나쁜 병균이나 해충을 씻어 내린다. 그래서 벼를 베고 보리나 마늘 등을 재배해도 이듬해 벼를 재배하는 데 지장이 없다. 또 물은 논에서 자라는 잡초의 발생을 억제해준다. 밭에 비해 논에서는 잡초가 3분의 1 정도 감소한다고 알려져 있다.

매일 밥은 먹어도 쌀 나오는 곳은 모른다

논은 늘 우리 가까이에 있었다. 아직까지는 서울에서도 논을 볼 수 있다. 서울 땅에서 벼농사를 짓는다고 하면 놀랄 사람들이 많을 것이다. 서울 땅이 얼마나 비싼데 그곳에 벼를 심느냐고 되물을지도 모르겠다. 그러니 서울의 논이 언제까지나 남아 있으리라고 생각하기는 어렵다. 조만간 아파트가 들어서거나 길이 날지도 모른다.

앞으로는 도시에서 태어나서 논을 눈여겨볼 기회를 갖지 못한 채 자라는 아이들이 더 많아질 것이다. 요즘은 차를 타고 도시를 벗어나야 겨우 논을 볼 수 있다. 그러니 도시에서 태어난 아이들은 쌀이 어디에서 나오는지도 모르는 채 매일 밥을 먹는다.

통계청 자료를 보면 2007년 1년 만에 서울 면적의 4분의 1이나 되는 논이 사라졌다. 최근 10년 동안 우리나라에서 사라진 논의 면적은 8만 헥타르 정도로 서울 면적의 약 1.3배가량 된다.

그렇게 사라진 논에는 공장이나 주택이 지어진다. 논을 택지로 전환해

언제까지 논이 논일 수 있을까. 이미 논은 돈이 된 것이 아닐까. 도시 주변의 논들은 곧 돈으로 환산될 위태로운 운명일 것이다.
콘크리트가 온 세상을 점령한다면 그것은 콘크리트가 주인인 세상이 아닐까. 서울.

많은 시골 마을에 안들이라고 불리는 곳이 있다. 동네 안의 들이라는 말이다. 마을을 끼고 만들어진 가까운 논들을 안들이라 부른다. 문전옥답도 같은 말. 주인의 발걸음이 잦으니 농사가 잘되는 들이다. 진영.

서 아파트를 짓거나 상업지구로 만들면 땅값이 몇 배나 올라가니 논이 사라지는 게 무어 대수냐고 할지도 모르겠다. 요즘처럼 쌀이 남아돌고 먹을 것이 지천에 널려 있는 때에 논이 좀 줄어든들 어떠냐고 반문할지도 모르겠다. 아이들은 쌀이 부족하면 밥 대신 다른 것을 먹으면 된다고 당당하게 말한다.

지금까지 논이 사라진 속도로 계산을 해보면 향후 150년 정도면 우리나라에서 논이 완전히 없어지게 된다. 우리나라 사람들의 주식인 쌀을 생산할 수 있는 땅이 사라진다는 말이다. 밥을 계속 먹으려면 수경재배를 하

든지, 다른 나라에서 쌀을 100퍼센트 수입해야 할 것이다.

논이 없어지면 당장 지구 온난화에도 큰 영향을 끼친다. 논이라는 녹지
가 사라지면서 산소발생량이 줄어들고 이산화탄소가 흡수되지 않아 온난화
는 가속화되고 강수량이 줄어들 것이다. 그렇게 되면 쌀 생산량 또한 줄어
들고 결국 쌀 가격이 올라 가난한 나라와 가난한 사람들은 쌀을 구하지 못
하게 된다. 나라마다 식량안보에 심각한 문제가 생길 수 있다는 이야기다.

물론 이런 일은 일어나지 않을 것이라 믿는다. 농지 개발을 제한해 농
지를 보존하고 있기 때문이다. 하지만 매년 논 면적이 줄어들고 있는 것은

사실이고 그 논들이 그동안 우리에게 베풀어주었던 혜택을 우리가 잘 모르고 있는 것도 사실이다.

논이 떠맡고 있는 하고많은 일들

논이 하는 일은 우리가 짐작하는 것보다 훨씬 많다. 일차적으로 쌀을 생산해서 밥을 먹게 해주고 거대한 녹지공간을 제공해 몸과 마음을 안락하게 해준다. 논의 공익적 기능을 생각하면 우리가 먹는 쌀은 조금 과장되게는 부차적인 생산물이라고까지 생각할 수도 있다.

논이 담당하는 공익적 기능을 열거하면 다음과 같다.

첫째, 논은 홍수 조절 기능을 한다.

홍수 조절 기능은 댐이 한다고 알고 있지만 자연 습지와 논도 보이지 않게 홍수 조절을 하고 있다. 습지는 스펀지와 같아서 비가 많이 오면 물을 빨아들였다가 비가 오지 않는 건조한 날씨에 서서히 물을 내뿜는다. 습지를 본뜬 것이 논이라는 사실을 떠올리면 홍수 조절을 한다는 것도 금방 이해할 수 있다.

우리나라는 여름에 집중되는 비로 인해 홍수가 자주 나는데, 비가 내리는 동안 논은 많은 물을 담고 있다. 만약 여름에 논이 이 물을 담고 있지 않는다면 훨씬 많은 지역이 홍수 피해를 입었을지 모른다.

그렇다면 여름에 논이 담고 있는 물의 양은 얼마나 될까. 우리나라 전체 논 면적을 106만 헥타르(2007년 기준)로 계산하면 논이 저장할 수 있는 물은 약 28억 톤 정도가 된다. 이것은 팔당댐의 총 저수량인 2억 4,400만 톤의 약 14배에 해당하는 양이다.

둘째, 지하수 저장에 큰 역할을 한다.

논에 담긴 물은 논바닥을 통해서 지하로 스며들어 중요한 수자원인 지하수가 된다. 농업기반공사가 계산한 논의 지하수 저장량을 보면 전체 지하수 저장량 121억 톤 중 45퍼센트인 54.5억 톤 정도다.

셋째, 배기가스로 오염된 대기를 정화하는 기능을 한다.

벼는 논에서 자라는 동안 광합성 작용을 하여 이산화탄소를 흡입하고 산소를 내놓는다. 이렇게 우리나라 전역에서 자라는 벼가 발생시키는 산소의 양은 연간 약 1,058만 톤이라고 한다.

넷째, 논은 수질을 정화하는 기능을 한다.

물이 논으로 들어와서 벼가 자라는 동안 정화되어 수질이 깨끗해지기 때문이다.

다섯째, 한여름 논에 담긴 물은 대기 온도를 낮추는 역할을 한다.

대기 온도가 높으면 물을 증발시켜 온도를 내려주고 온도가 낮으면 태양열을 복사하여 온도를 높인다. 물에 의한 복사열이 없으면 물의 온도가 낮아져 벼가 자라는 데 장애가 오기 때문이다. 즉, 논에 담긴 물로 인한 복사열은 벼를 보호하기도 한다.

여섯째, 논둑으로 인해 흙이 물에 쓸려 내려가는 것을 막아준다.

다랑논의 경우 이것이 밭이었다면 비가 올 때마다 흙이 쓸려 내려갔을 것임을 쉽게 상상해볼 수 있다. 계단으로 되어 있는 논은 물을 가두어 지하로 침투시키는 역할을 할 뿐만 아니라 흙이 쓸려 내려가는 것을 방지한다.

이 외에도 생태계를 보존하는 기능, 녹지 공간으로 환경을 보존하는 기능과 도시민들의 심신을 어루만져주는 기능까지 추가한다면 헤아릴 수 없이 많은 혜택을 인간에게 주고 있음을 알 수 있다.

이러한 논의 공익적 기능에 대해 각 기관에서 금전으로 환산해놓은 자료가 있는데 그 중 1999년에 농림부가 내놓은 자료에 따르면 논의 공익적 가치는 금전으로 환산해 74.2조 원에서 144.2조 원에 이른다고 한다.

답과 수전

논의 어원적 의미는 '내(川)가 있는 땅' 혹은 '물 댄 땅'을 뜻한다. 밭과 달리 논은 강이나 저수지처럼 늘 물이 있는 곳에 있다.

논을 한자로는 답(畓) 또는 수전(水田)이라 한다. 오늘날 전(田)자는 밭을 의미하지만 예전에는 논과 밭을 아울러 나타냈다. 그러던 것이 논을 뜻하는 답(畓) 자를 새로 만들어 사용하면서 전(田) 자는 점차 밭의 의미로만 사용하게 되었다. 논 답(畓) 자는 삼국 시대에 만들어진 우리나라 한자로, 창녕 진흥왕 순수비에서 처음으로 수전(水田)을 우리식 한자인 답(畓)으로 사용한 것이 확인되었다.

한자를 쓰는 동아시아 삼국 중 일본은 논을 밭 전(田)으로 표기하며 밭은 전(田)에 불 화(火) 자가 붙은 화전 전(畑)을 사용한다. 또 중국에서는 논을 도전(稻田), 수전(水田)이라고 표현한다. 우리도 수전(水田)이라는 표현을 사용하고 있지만 그보다는 물 수(水) 아래에 밭 전(田) 자가 있는 답(畓)을 더 많이 사용하니 논을 뜻하는 정확한 표현이라 할 수 있다.

한편, 논밭의 넓이를 나타내는 단위는 여러 가지가 있는데 시골 사람들이 흔히 몇 마지기라고 표현할 때의 마지기가 대표적인 것이다. 그 외에 배미, 헥타르, 단보, 섬지기 등이 있다.

한자로 두락(斗落)이라고도 하는 마지기는 볍씨 한 말을 뿌릴 만한 논

이제 소에게 코뚜레를 꿰지 않는다. 일하는 소가 아니라 먹기 위한 소이기 때문이다. 소에게는 어느 편이 더 행복할까? 그래도
상일꾼 대접을 받으며 논밭을 갈던 때일 게다. 하지만 일꾼 유전자는 소에게서 사라지고 있다. 남해.

묵은 논에 유채꽃이 피었다. 휴경농법이 사라지면서 논을 묵힌다는 것은 상상할 수 없는 일이었다. 70~80년대만 해도 논을 묵히는 것은 처벌의 대상이었다. 이제는 곳곳에 묵은 논이 있고 그 누구도 탓하지 않는다. 변한 세월이다. 청산도.

의 넓이를 말한다. 보통 논은 200평, 밭은 300평을 기준으로 한 마지기라고 한다. 그러나 지역마다 조금씩 차이가 있어 경기도는 150평, 충청도는 200평, 강원도는 300평, 경상도는 200평 등으로 저마다 다르다. 또 쌀 한 섬이 생산되는 면적을 말하기도 하는데 한 섬은 한 말의 열 배로 약 180킬로그램에 해당한다. 그러니까 한 마지기가 현재 공식 도량형 단위로 쓰이는 몇 제곱미터라고 잘라 말할 수는 없다.

논을 나타내는 다른 표현으로 섬지기라는 말이 있다. 이것은 볍씨 한 섬의 모 또는 씨앗을 심을 만한 넓이를 나타낸다. 즉, 한 섬지기는 한 마지기의 열 배인 약 2~3천 평의 논을 가리킨다. 섬지기는 또한 논에서 벼가 생산되는 양을 기준으로 쓰이기도 한다. 두 섬지기 논이라고 하면 쌀 두 섬이 생산되는 논을 말한다. 하지만 논에서 생산되는 쌀의 양은 일정하지 않으므로 생산량을 가지고 일률적으로 넓이를 말할 수는 없다. 같은 양의 볍씨를 뿌려도 좋은 땅은 생산량이 많고 나쁜 논은 적게 나오는 게 보통이기 때문이다.

단보는 논뿐만 아니라 밭의 넓이를 나타내는 데 사용되는 것으로, 1단보는 300평을 말한다. 단보와 더불어 흔히 쓰이는 1정보는 10단보 즉, 3천 평을 가리킨다. 단보는 일제강점기 때 사용하던 단위로, 요즘은 거의 사용하지 않고 있다.

논의 넓이를 나타내는 공식 단위인 헥타르는 미터법에 의한 국제적인 도량형 단위다. 아르(a)의 100배인 헥타르(ha)는 약 1정보(3,000평)에 해당한다. 우리나라는 1963년부터 미터법을 공식 도량형 단위로 채택하고 있고 최근 들어 미터법 표기 의무를 강화하고 있지만 아직도 농촌에서

논에 물이 차오른다. 자식 입에 밥 들어가는 것과 논에 물 들어오는 것이 제일로 기쁜 일이라 했다. 따져보면 둘 다 같은 말이다.
물이 차야 모를 심고 모를 심어야 내 자식 입에 밥이 들어가니까. 천안.

농군은 천수답 닷 마지기를 주어도 상답 한 마지기와 바꾸지 않는다. 모름지기 상답이라 하면, 물을 빼면 밭이 되어 보리를 심고 채우면 논이 되어 벼를 심는 곳이다. 늘 물이 있어 가뭄 걱정이 없는 논이다. 하동.

는 마지기나 평이라는 단위를 주로 사용하고 있다.

한편 배미는 두렁으로 둘러싸인 논 하나를 일컫는다. 면적과 관계없이 논의 구획을 일컫는 말로 보통 논의 숫자를 셀 때 사용한다. 따라서 논 한 배미라고 해도 넓이를 짐작하기는 어렵다. 200평이 한 배미일 수도 있고 1,000평이 한 배미일 수도 있기 때문이다. 하지만 보통은 작은 규모의 논을 가리켜 배미라는 표현을 많이 쓴다. 배미는 또 접미사가 되어 논의 모양이나 특징을 나타내는 용어로도 쓰인다.

맡은 일이 막중하니 종류도 많다

너른 들판에서 산골짜기까지 논이 없는 곳이 없다 보니 논의 종류도 많다. 위치나 물 대기와 빼기의 특성, 모양새 등에 따라 붙은 이름이 정겹다.

ㅣ 무논 항상 물이 차 있는 논을 말하며 모를 심기 위해 물을 댄 논을 가리키기도 한다. 건답(보리논)에 일부러 물을 채운 경우도 있고, 자연적인 조건에 의해 물이 차 있기도 하다. 이 무논을 일러 진논 또는 습

식솔은 많고 세금은 무거우니 산비탈을 깎고 돌을 옮겨 부잣집 마당만도 못한 논이라도 만들어야 했다. 개울도 저수지도 없으니 오직 하늘만이 아는 농사에 목을 매고 살아야 했던 피눈물의 흔적이다. 하동.

답, 수답이라고도 한다.

자연적으로 생긴 무논은 항상 물이 고여 있기 때문에 밭작물을 재배하기 어렵다. 무논에서는 이모작을 못하므로 겨울에 다른 작물을 심지 않고 그냥 두는 게 보통이다. 간혹 겨울 무논의 얼음 밑에서 미나리를 재배하기도 한다.

무논은 가을에 벼 수확을 마친 뒤 비어 있어 철새들이 떨어진 낟알을 먹고 휴식을 취한다. 또 겨울이 되어 무논에 얼음이 얼면 동네 꼬마들이 썰매를 지친다.

굽이도는 산길, 바위너설 밑에도 어김없이 벼가 여물어간다. 쌀로 찧으면 두어 말, 돈으로 치면 그저 장난 같은 것. 그러나 기억해야 한다. 바로 그것으로 우리의 피와 살이 이루어졌음을. 괴산.

무논은 늘 생명이 살아 숨쉬는 곳이다. 인적이 드문 산골 지역의 무논에는 따오기가 떼지어 살기도 하고, 방울꽃을 비롯하여 지금은 사라져 가고 있는 매화마름이 서식하기도 한다.

  ㅣ 보리논 보리논은 인위적으로 물을 댔다 뺐다 할 수 있는 논이다. 논두렁에 난 물꼬를 통해서 물을 자유자재로 대고 뺄 수 있어서 물을 대면 논이 되고, 물을 빼면 밭으로 이용할 수 있다. 물 대기가 매우 편리하고 배수도 자유롭다. 그래서 논 중에서 으뜸으로 꼽힌다.

이모작이 가능한 지역에서는 벼를 수확한 다음에 밭작물을 심어 일 년에 두 번 작물을 재배한다. 밭작물로 주로 보리를 심는다고 하여 보리논이라고 하며 건답, 강답, 맥답이라고도 불린다. 5월 말에서 6월 초 남부 지방에 가면 잘 익은 보리가 바람에 일렁이는 보리논을 쉽게 볼 수 있다. 보리 대신 마늘을 심기도 하고 밀, 호밀, 자운영 등을 재배하기도 한다.

ㅣ 다랑논　다랑논은 비탈진 산골짜기에 계단식으로 조성한 좁고 작은 논을 말한다. 척박한 자연환경에서 살아남기 위해 인간이 적절히 변형시켜 만들어낸 산물이 다랑논이다. 논이 대개 다 그렇지만 특히 다랑논은 온전한 자연의 산물도 아니고 그렇다고 100퍼센트 인위적 산물도 아니다. 자연과 인간이 한데 어우러져 만들어낸 자연 문화 경관이다. 그래서 그 모양도 자연의 형태와 별반 다르지 않다.

산비탈에 돌을 차곡차곡 쌓아서 논두렁을 만들고 그곳에 물을 채워 벼를 재배하는 다랑논은 특히 골 깊은 산에 많이 있다. 우리나라에서는 경남의 지리산 남쪽 지방이 다랑논으로 유명하다.

ㅣ 구들장논　구들장논이란 경사진 산비탈이나 평지에 구들을 놓듯이 돌로 바닥을 평평하게 만들고 그 위에 흙을 채워서 만든 것이다.

오랫동안 버려져 있던 땅이나 산비탈처럼 척박한 땅은 논으로 사용하기 어렵다. 벼를 심기 위해서 물을 채워도 흙이 거칠고 돌이 많아 물이 땅 밑으로 다 빠지기 때문이다. 그런 땅을 논으로 만들려면 시간과 품을 많이 들여야 하는데 특히 구들장논을 만들자면 뼈마디가 녹는다고 했다. 우선 넙적한 돌로 바닥을 평평하게 만들고 그 위에 흙을 실어다 부으면 구들장논이 되는데, 그러나 늘 물 빠짐의 문제가 남아 있어서 구들장논 주변에는 논에 물을 쉽게 대기 위한 보(둑을 쌓아 흐르는 냇물을 막고 그 물을 담아두는 곳)를 곳곳에 만들어 수시로 물을 댈 수 있도록 해야 한다.

써레질을 하다 보면 사람이 써레에 올라타게 된다. 자꾸 발이 빠지기 때문이다. 그러면 소는 오죽이나 힘들까. 배가 고파 논둑의 풀이라도 뜯어 먹으려 하지만 입도 굳게 막아놓았다. 소는, 눈물을 흘리는 짐승이다. 영월.

구들장논으로 유명한 곳은 전라남도에 있는 섬 청산도다. 청산도의 구들장논은 산비탈을 일구어 다랑논 형태로 만들었다. 그래서 다랑논이면서 구들장논이다. 구들장논은 척박한 땅을 일구어 힘겹게 농사를 짓던 옛사람들의 애환이 깃들어 있는 논이다.

ㅣ고래논 바닥이 깊고 물길이 좋은 기름진 논을 고래논이라고 한다. 땅에서 고래 등처럼 샘이 솟는 샘논을 고래논이라고 하는 경우도 있는데 이런 경우는 드물다. 그리고 봇도랑(봇물을 대거나 빼게 만든 도랑)에서 제일 먼저 물이 들어오는 위치에 있는 논을 일컫기도 한다. 마을에서 두렛논을 정할 때 저수지에서 물이 들어가는 순서에 따라 일의 순서를 정한다. 이 순서는 보통 고래논부터 시작되는데 물이 흘러 내려오는 첫 번째 논이기 때문이다.

고래논을 골논, 고래실논, 고논이라고도 한다. 여러 지방에 고래논이라고 불리는 논 이름이 많이 있는데, 이때는 골짜기 사이에 있는 논을 일컫기도 한다. 청주 민요에 "고래실 높은 데는 밭을 치고, 깊은 데는 논을 쳐서 물을 풍덩 들여보세"라는 구절이 있다. 여기서 고래실은 골을 일컫는다. 산골짜기에서 흘러 내려오는 물을 받아서 농사를 짓는 논이니 물 걱정이 많지는 않은 편이다.

골짜기에 논을 만들었으니 고래논의 모양새는 다양하다. 그래서 그 모양에 따라 삿갓배미, 항아리배미, 장구배미라는 이름으로도 불린다. 이 고래논이 많은 지역은 해마다 풍년이 든다고 했다.

ㅣ두렛논 두레는 농촌에서 농번기에 농사일을 공동으로 하기 위해서 마을 단위로 만든 조직으로, 여러 사람이 서로 협력하여 농사를 짓는 공동체를 말한다. 두렛논이라 하면 농사철에 두레를 하여 공동으로 농

안들 중에도 집 옆에 붙어 있는 논은 이상하게 소출이 많이 난다. 주인의 말소리, 발걸음 소리를 많이 듣는 탓이라 한다. 어쩌면 주인집의 어려운 형편조차 헤아리는 것일까. 모내기를 마친 논에 하늘이 들어앉았다. 남원.

사짓는 논을 뜻한다. 흔히 두렛배미라고도 부른다. 보통 모내기 철에 마을에서 집집마다 모내기할 논의 날짜를 잡아서 순서대로 일을 진행한다.

   | 샘논   샘논은 논 안에서 샘이 솟거나 샘이 가까이에 있는 논을 말한다. 샘이 논보다 높이 있으면 물이 저절로 논에 흘러 들어와서 물 걱정을 하지 않아도 된다. 샘이 마르지 않는 한 물꼬를 통해 물의 양만 제대로 조절하면 농사짓는 일은 그리 어렵지 않다. 하지만 샘이 논보다 낮으면 물을 끌어 와야 한다. 그러나 요즘은 예전처럼 사람이 물을 직접 퍼 올리지 않고 양수기를 쓰기 때문에 물이 가까이 있는 것만으로도 농사짓는

데는 불편함이 없다.

ㅣ 세골논 세배미논이라고도 한다. 배미란 논을 세는 단위로도 사용하지만 논의 특징을 나타내는 말 뒤에 붙어 논의 이름이 되기도 한다. 여기서 세배미란 세 개의 논을 말한다. 즉, 어떤 하나의 논이 세 배미로 반듯하게 나뉜 논을 세골논이라 하는 것이다.

ㅣ 사래논 사래논이란 옛날 지주의 위임을 받아 소작지를 관리하던 마름이나 남의 산소를 지키고 보살피는 묘지기가 소작료를 내지 않고 농사짓던 논을 말한다. 이 마름은 소작농을 관리하면서 중간에서 소작 계약 등 지주의 일을 봐주는 역할을 했다. 여기서 묘지기나 마름에게 보수로 주던 쌀을 두고 이르는 사래쌀이라는 말이 나왔다.

ㅣ 고지논 논 한 마지기 값을 미리 정하여 모내기부터 김매기까지 일을 해주기로 하고 빌려 쓰는 논을 고지논이라 한다. 일을 하고 품삯을 받는 대신 논을 빌려 쓰는 것이다.

가난했던 시절 먹을 식량이 떨어지면 빈농들은 노동력을 담보로 식량을 구했는데 부농들은 농번기에 필요한 일손을 미리 확보하고 싼값으로 노동력을 살 수 있다는 장점이 있었다.

ㅣ 천둥지기 물이 없는 마른 논을 천둥지기라 한다. 봉답, 봉천답, 하늘바라기, 봉천지기, 천수답, 천둥바라기 등 여러 가지 이름으로 불린다.

천둥지기는 주변에 물을 끌어 쓸 수리시설이 전혀 없어 전적으로 하늘에서 내리는 비에 의존해야 한다. 골짜기라도 주위에 계곡이 있으면 천둥지기라고 하지 않는다. 예전에는 산간이나 지리산 골짜기에서 계단식 논으로 된 천둥지기를 간혹 볼 수 있었는데 요즘은 수리시설이 대부분 갖추

논두렁의 돌아 나간 몸매가 에로틱하다. 그러나 저 높은 논둑이라니. 저기서 자란 풀씨가 논으로 들어와 온갖 잡초로 자랐을 테니, 김을 매느라 허리가 휘고 호미 날이 닳았을 것이다. 하동.

구불구불한 다랑논에 못줄을 띄우면 가로든 세로든 한쪽은 거리가 잘 맞지 않는다. 모꾼들은 정신없이 모만 심지만, 못줄을 잡은 이는 애가 탄다. 똑바로 심기지 않으면 나중에 김매기가 나빠 논 주인에게 한소리를 듣게 되는 까닭이다. 구례.

어져 있어서 천둥지기를 거의 볼 수 없다. 수리시설이 잘 갖추어져 있는 논은 안전답이라고 한다.

ㅣ 텃논 집 옆에 딸린 자그마한 밭을 텃밭이라고 하듯이 집 옆에 달려 있는 작은 논을 텃논이라고 한다. 마을 가까이 있는 논을 가리킬 때도 있다. 텃밭에서 소일거리 삼아 집에서 먹을 채소를 가꾸듯이 많은 노동력이 필요하지 않고 규모가 아주 작게 벼농사를 짓는 경우인데 보통 자급자족할 식량을 생산하는 것이 목적이다.

ㅣ 갯논 개펄에 만들어놓은 논을 말한다. 간척사업으로 조성된 논으로, 보통 '간척지논'이라고 하며 서해안에 주로 분포되어 있다. 강화도, 천수만, 서천 등이 간척사업으로 만든 대표적인 갯논이다.

간척지논은 고려 시대에는 군량미를 비축하기 위한 목적으로 만들었다. 일제 강점기에도 일본군의 군량미 확보를 위해 곳곳에 만들었는데 현대에 오면서 농지뿐 아니라 수자원 확보, 공업용지 등으로 그 쓰임새가 점점 다양해졌다.

ㅣ 물잡이논 저수지 대용으로 쓰이는 논으로, 추수가 끝난 후 이듬해 모내기철에 사용하기 위해 물을 가두어두는 논을 말한다. 논 주변의 수리시설이 취약할 때 주로 많이 이용되는데 물을 잡아둔다 해서 물잡이논이라고 한다. 무논은 주로 자연적인 조건에 의해 물이 고여 있는 데 비해 물잡이논은 물을 끌어와서 일부러 가두어놓은 것이라는 점에서 다르다.

ㅣ 뙈기논 뙈기란 일정하게 경계를 지어놓은 논이나 밭의 구획을 말하기도 하지만('밭 한 뙈기 없다'라고 쓸 때처럼) 하찮은 쪼가리라는 뜻으로도 쓰이는 말이다. 그러므로 뙈기논이란 경지 정리를 하기에 무색할 정도로 작은 논, 주로 산비탈에 있는 규모가 매우 작은 논을 말한다. 큰

이런 논에 울력이나 두레를 하지는 않았을 테니, 산골의 부부가 모를 심었을 것이다. 못줄을 띄우고 양쪽에서 심어 들어오다 중간에서 만나면 주름진 얼굴을 서로 들여다보며 허리를 폈겠지. 괴산.

높은 산은 골이 깊고, 골이 깊으니 물이 끊이지 않는다. 이런 곳에 논을 만들면 물 걱정은 던다. 등고선처럼 점점 촘촘하게 개울 가로 나온 선들이 오랜 세월에 걸쳐 논이 만들어졌음을 짐작케 한다. 하동.

토지에 달린 작고 보잘것없는 논을 가리키기도 한다.

Ⅰ 묵논 농사를 짓지 않고 오래 묵혀둔 논을 묵논이라고 한다. 요즘 쌀값이 떨어지고 농사지을 일손이 달려 묵논이 점점 늘어나는 추세다. 묵논 상태로 오래 두면 논은 더 이상 제대로 된 논의 역할을 하지 못한다. 그래서 1년에 한 번씩 쟁기질을 해주어야 다음에 논으로 다시 사용할 수 있다.

묵논이 생태계에 긍정적으로 기능하는 측면도 있다. 자연 상태 그대로 두면 묵논 스스로 생태계를 형성해서 물새와 야생동물의 서식지 역할을

한창 경지 정리를 할 때, 정리를 하면 자신의 논 면적이 줄어든다고 생각한 농민들이 많았다. 실제로는 조금이라도 늘어나게 되는데 눈대중으로 아무래도 전보다 작다고 우기는 것이었다. 하동.

하게 된다. 무논이 묵논이 되면 줄, 사마귀풀, 부들 등의 수생식물들이 주로 자라 자연 습지로 되돌아가게 된다. 산삼은 묵논이 있는 산에서 난다는 심마니들의 이야기도 있다.

논의 생김새를 두고 지방에 따라 여러 가지 이름을 붙이기도 한다. 주로 논배미의 준말인 배미라는 말을 붙인다. 배미는 본디 논을 세는 단위지만 논의 모양이나 특징 등을 나타내는 말 뒤에 붙어 여러 가지 논의 이름이 되었다. 그 가운데 대표적인 것은 다음과 같다.

장구배미 – 장구처럼 가운데가 홀쭉하게 들어간 논 / 다락배미 – 산비탈에 층층이 이루어진 작은 다랑논 / 반달배미 – 반달처럼 생긴 논 / 자라배미 – 자라처럼 생긴 논 / 우묵배미 – 우묵하게 웅덩이처럼 파여서 들어간 논 / 아랫배미 – 다른 논보다 아래쪽에 있는 논 / 진배미 – 사래가 긴 논 / 외배미 – 마을에서 외딴곳에 떨어져 있는 논 / 구석배미 – 구석진 곳에 있는 논 / 나팔배미 – 나팔처럼 길고 끝이 삼각형으로 넓게 생긴 논 / 수렁배미 – 물과 진흙이 함께 고여 있어 웅덩이처럼 깊은 논 / 소시랑배미 – 소가 들어가서 일을 할 수 없을 정도로 작은 논 / 물배미 – 물이 많은 논 / 굿배미 – 논에서 굿을 하였다 하여 주로 불리는 논 / 둥그렁배미 – 둥그렇게 생긴 논 / 넓적배미 – 네모 반듯하게 생긴 논 / 두멍배미 – 물을 많이 담아두고 쓰는 큰 독같이 생긴 논 / 마당배미 – 추수할 때 타작하기 위해서 사용하던 논 / 큰배미 – 옆에 있는 다른 논보다 조금 큰 논 / 벼락배미 – 벼락이 떨어진 논 / 항아리배미 – 항아리처럼 생긴 논 / 버선배미 – 버선처럼 생긴 논

호미로 땅을 산다는 말도 있다. 논둑이나 밭둑을 호미로 조금씩 파서 제 땅으로 만드는 것이다. 한 뼘의 땅이 아쉬웠던 시절, 그렇게 늘린 땅에 벼 한 포기라도 더 심고 싶은 마음이었다. 광양.

추수가 끝난 들녘이 비었다. 풍요로움은 사람의 몫일 뿐, 논은 한 해의 지친 몸을 뉘었다. 가을비가 오기 전에 볏짚을 거두어들여야 한다. 초가 이엉을 다시 얹을 일은 없어도 겨우내 소의 먹이가 되어야 하기 때문이다. 하동.

논의
한살이

논은 삶의 공간이다. 그 공간은 사각형이거나 삼각형 혹은 부정형이다. 그러므로 논두렁도 일정한 모양을 띠지 않는다. 인간의 필요에 따라 그 모양이 만들어지고 자연의 형태에 따라 그 모양이 결정된다. 현대에 와서 논은 바둑판 모양이 되었다. 다분히 의도적이지만 그것도 자연의 일부분이기는 마찬가지다. 인간의 삶 또한 일정한 모양을 갖추고 있지 않다. 부정형의 공간 속에서 인간은 굴곡진 삶을 살아가고 또 마감한다. 세월이 흘러 그 공간은 후손에게 넘겨지고, 인간의 삶은 지속적으로 반복된다.

논은 생명의 소리를 뿜어올리고 인간은 그 소리에 장단 맞춰 흥에 겨워한다. 기계가 내는 소리 또한 흥에 겹고, 인간이 내는 소리가 또한 그러하다. 인간과 자연, 기계와 생물이 그 공간에서 서로 부둥켜 안고 살아간다. 인간의 삶은 그 속에서 때로는 치열하고 때로는 여유롭다.

봄이면 논을 갈고 씨를 뿌리고, 여름이면 김을 매고, 가을이면 수확한다. 계절의 순환 속에서 인간은 논과 더불어 살아간다. 우리가 농부이든 아니든 논은 항상 우리 곁에 있다. 인간은 씨를 뿌리면서 자연의 소중함을 알게 되고 자연에서 생명의 소중함을 알게 된다.

논두렁 태우기 – 불을 놓아 쥐를 잡다

한 해 농사의 시작을 알리는 가래질을 하기 전에 논두렁을 태우는 풍습이 있다. 논두렁 태우기는 정월 첫 쥐날(上子日)이나 정월 대보름 전날 농촌에서 논두렁과 밭두렁에 불을 놓는 풍습을 가리킨다. 오래 전부터 행해져온 이 풍습은 흔히 쥐불놀이로 더 잘 알려져 있다. 논두렁 태우기가 쥐불놀이로 불리게 된 것은 농작물에 피해를 주는 쥐를 잡기 위해

겨울이다. 탈곡기의 깊은 바퀴 자국이 길다. 흙갈퀴를 든 아낙이 힘겹게 뭉친 북데기를 펴고 있다. 날이 풀린 다음에 해도 늦지 않은 일이지만, 할 일이 있으면 마음이 편치 않은 사람, 그들이 농부다. 옥구.

북데기를 모아 태워야 타작마당이 끝난다. 햅쌀을 찧고 김장을 하면 긴긴 겨울밤이다. 정월 대보름께 논두렁을 태울 때까지 사람은 뜨거운 구들에서 겨울을 나고 빈 들판은 바람 소리를 벗 삼아 긴 잠을 잔다. 옥구.

불을 놓았기 때문이다. 논두렁에 짚을 깔아놓았다가 해가 지면 일제히 불을 놓았는데 농부들은 이 쥐불의 크기를 보고 그해 농사의 풍흉과 마을의 길흉을 점쳤다.

쥐불놀이는 마을과 마을이 서로 경쟁하는 놀이이기도 했다. 이긴 쪽 마을의 쥐가 진 쪽 마을로 옮겨 가므로 쥐불놀이에서 이겨야 마을의 농작물이 피해를 입지 않고 풍년이 든다고 믿었다. 쥐날에 논두렁에 불을 놓으면 잡귀를 쫓아 한 해 동안 아무런 탈 없이 지낼 수 있다고도 믿었다. 쥐불은 쥐뿐만 아니라 월동하는 병해충의 알도 태워 없앴으니 다 근거가 있는 말

정월 대보름, 논두렁을 태우고 불을 놓아 쥐를 잡는다. 아이들은 망월을 돌린다. 겨울이 가고 한 해가 시작되었다. 달집을 태우며 풍년 농사를 기원한다. 묵은 것을 태우고 악귀를 쫓는다. 하동.

보리싹이 파랗게 돋아오른 2월 초하루는 나이떡을 먹는 날이다. 동네 머슴들이 우는 날이기도 하다. 나이 수대로 떡을 먹고 나면 본격적인 농사철이기 때문이다. 한 해 새경을 받기까지 길고 쓰라린 농사일이 구만 리 같으니 머슴들은 도망이라도 치고 싶다. 하동.

이다. 타고 남은 재가 거름이 되어 땅을 기름지게 한다는 덤도 따랐다.

　이날 마을 사람들이 논두렁에 나가 불을 놓으면 온 들녘이 붉게 물들었다. 아이들이 누구보다 신이 나서 불을 만들었다. 먹고 난 과일 통조림 깡통에 못으로 구멍을 뚫어서 바람이 잘 통하게 한 후 깡통 양쪽을 철사로 묶고 손잡이는 뜨겁지 않게 헝겊이나 두꺼운 종이로 감는다. 깡통 속에 불이 잘 붙는 종이와 나무를 넣고 불을 붙여 빙빙 돌리면 불이 활활 타오른다. 날이 어둑어둑해지면 깡통의 불빛은 노란 동그라미가 되어 들녘을 수놓는다. 한참 가지고 놀다가 깡통을 멀리 던지면 깡통 속의 불이 튕겨져

나와 논두렁에 불을 붙인다.

오늘날 이 논두렁 태우기 풍습은 많이 사라졌다. 마을 잔치였던 풍습이 사라져버린 것이다. 논두렁 태우기가 꼭 필요할 때만 가끔씩 한다. 그리고 나라에서도 그리 권장하지 않는다. 논두렁을 태우다가 산불을 내는 일이 종종 일어났기 때문이다. 게다가 예전에는 논두렁에서 월동하는 병해충을 없애기 위해 불을 놓았지만 요즘은 병해충에 강한 벼 품종이 나와서 피해 가 그다지 크지 않을 뿐 아니라, 오히려 해충을 잡아먹는 이로운 벌레들까 지 죽인다는 단점도 있다. 예전 관습대로 논두렁을 태우고자 하는 농민들

밭가의 버드나무에 물이 오른다. 아이들이 부는 버들피리 소리 따라 산골의 봄은 오고, 힘겨운 한 해 농사도 시작이다. 구례.

은 날을 따로 잡아서 해야 한다.

쥐불놀이처럼 불을 가지고 논에서 하는 풍습이 또 하나 있으니 달집 태우기가 그것이다. 달집 태우기는 정월 대보름에 짚으로 달을 만들어 태우면서 그해 농사의 풍흉을 점치는 것이다. 달집 속에 대나무를 넣기도 했는데 대나무가 불에 타면서 터지는 소리가 악귀를 쫓는다고 믿었기 때문이다. 이것 역시 요즘은 날을 잡아 강가에 대나무를 쌓아놓고 주민들이 모여치르는 지역 축제로 명맥만 유지하고 있다.

가래질 – '농부의 힘드는 일 가래질 첫째로다'

　　　봄이 되면 얼었던 땅이 녹는다. 얼어 있던 땅이 녹으면 흙이 들
뜨고 힘이 없어진다. 흙으로 쌓아놓은 논두렁도 마찬가지다. 약해진 흙 때
문에 자칫 논두렁이 무너질 수도 있다. 가래질은 이렇게 무너지기 쉬운 논
두렁을 튼튼하게 다지는 일이다.

　　　〈농가월령가〉 중 3월령을 보면 "농부의 힘드는 일 가래질 첫째로다"라
는 구절이 나온다. 논농사는 논으로 들어가는 물이 흐르는 '물꼬'를 깊이

치고 두렁을 만들어 다지는 데서 시작된다. 논두렁이 무너지면 물이 다 새어 나가서 그해 농사를 처음부터 망치게 된다. 그래서 이른 봄, 한식을 전후해서 농부는 가래로 흙을 퍼 올려 논두렁을 다지는데 물이 샐 만한 곳은 단단하게 다지고, 무너져내린 논두렁은 다시 쌓아올린다.

가래는 흙을 뜨고 파내는 데 사용하는 농기구로, 생나무를 잘라서 자루를 만들고 쇠로 된 날을 끼워서 만든다. 삽처럼 생긴 날 양쪽에 구멍을 뚫은 다음 줄을 꿰어서 사용하는데 삽을 조금 변형한 것이라고 생각하면 된다.

가래질은 가래로 흙을 퍼서 다른 곳으로 옮기는 것을 말한다. 가래질은 보통 세 사람이 하는데 한 사람은 자루를 잡고, 나머지 두 사람은 양쪽으로 이은 줄을 잡아당기며 흙을 퍼서 던진다. 두 사람이 줄을 팽팽하게 잡지 않으면 가래질이 제대로 되지 않는다. "가래질도 세 사람이 한마음이 되어야 한다"는 속담 그대로 세 사람이 서로 마음이 잘 맞아야 일이 잘된다. 그래서 가래질을 하기 전 빈 가래로 미리 손을 맞춰보는데 이를 '헹가래 친다'고 한다. 오늘날 운동경기에서 이긴 팀이 승리를 축하하는 의식으로 감독이나 주장을 헹가래 치는 바로 그 헹가래다.

이처럼 여러 명이 힘을 합쳐 작업을 하니 한 사람 한 사람이 삽으로 제각각 작업하는 것보다 능률이 높다.

보리밟기 – 꾹꾹 밟아줘야 잘 자라는 역설

겨울 논은 보리를 품고 있다. 텅 비어 보이는 땅 저 아래에서 보리가 봄을 맞을 준비를 하며 웅크리고 있다.

겨울에 눈이 많이 오면 보리 풍년이 든다. 겨울에 내린 눈은 땅을 덮어

벚꽃이 만발하면 보리밭이 온통 푸른 물결이다. 지금은 별식이지만 보리는 우리의 주곡이었다. 쌀이 떨어진 늦은 봄부터 벼를
타작하기 전까지 보리농사를 망치면 속절없이 풀뿌리와 송기로 연명해야 했다. 화개.

보온재 구실을 한다. 눈이 땅속의 보리를 추위에서 보호해주는 것이다. 그래서 옛사람들은 겨울에 눈이 많이 오면 보리 풍년이 든다고 했다.

겨울을 보내고 봄이 오면 얼었던 땅이 부풀어 오른다. 수분을 품은 흙이 겨울 동안 얼어서 부피가 커져 있다가 날씨가 풀리면서 솟구치는 것이다. 얼었던 흙이 녹아 솟구치면 보리 뿌리가 들떠서 보리가 잘 자라지 못한다. 이를 방지하기 위해 보리밟기를 해준다.

보리밟기는 보리가 웃자라는 것을 막아주고 서릿발에 의해서 보리가 땅 위로 솟아오르는 것을 막아준다. 서릿발은 땅속에 스며 있던 물기가 얼어서 지면 위로 솟구치는 현상을 말하는데 겨울에서 봄으로 넘어가는 계절에 보리밭에 서릿발이 생기면 보리가 말라 죽는다고 한다. 그래서 땅을 꾹꾹 밟아준다. 보리밟기를 할 때는 동네 사람들이 모두 나와 보리를 밟는데 집에서 키우던 개도 데리고 나와 한몫 거들게 한다는 우스개도 있다.

먹을 것이 없던 시절 보리는 요긴한 식량이었다. 봄나물이 나기 시작하면 그것을 캐 먹다가 보리가 익으면 수확해서 가을에 벼가 익을 때까지 보리밥을 해 먹었다. 때로는 식량 사정이 급박해서 채 익지도 않은 풋보리를 베어 먹기도 했다. 지금은 건강을 위해 따로 챙겨 먹는 별식이 되었지만 예전에 보리는 생명을 유지해주는 기본식량으로 너무도 귀중한 곡식이었다.

보리는 매화꽃 향기가 잦아들고 벚나무가 꽃망울을 터뜨리기 시작하면 키가 훌쩍 큰다. 벚꽃이 흩날리기 시작할 즈음이면 보리는 제법 알이 찬다. 가을에 심은 가을보리나 이듬해 심은 봄보리나 매한가지다.

보리가 익어가는 들녘은 아직 여름이 오기 전이지만 보리는 혼자 앞서 가을을 만들어낸다. 보리밭은 황금빛으로 일렁이고 통통하게 살이 오른

보리 낟알은 수확을 기다린다. 보리밭은 농부들의 시간을 속인다. 보리가 베어지면 곧 여름이 찾아올 것이다.

보리 베기 - '보리 수확하기를 불 끄듯 하라'

보리가 익기 시작하면 망종(芒種) 전에 베라고 했다. 망종은 소만(小滿)과 하지(夏至) 사이로, 양력으로는 6월 6일경에서 하지 전까지의 약 15일간(음력으로는 4월이나 5월)을 말한다. 망종을 우리 말로 풀이하면 '까끄라기 종자'라는 뜻으로, 까끄라기가 있는 보리나 밀을 수확하는 것을 의미한다.

망종 전에 보리를 베어야 하는 이유는 그때까지 보리를 다 베어야 쟁기질을 하고 써레질을 해서 모내기를 할 수 있기 때문이다. 또 그때를 넘기면 수해를 당해 보리농사를 망칠 수도 있고, 보리가 바람에 쓰러질 수도 있다.

보리는 반쯤 익었을 때, 날씨가 좋은 날, 익는 족족 베어내야 한다. 보리알이 너무 익으면 알이 쉽게 빠져 쭉정이만 남게 되기 때문이다. 《농사직설》에 보면 "농가에서 보리 거두기보다 더 바쁜 일은 없다"고 했다. "씨뿌릴 때는 백 일, 거둘 때는 삼 일"이라는 말까지 있다. "보리 수확하기를 불 끄듯 하라"라는 말도 그래서 나온 것이다.

실한 보리를 거두는 것도 중요하지만 보리를 빨리 베어내야 벼농사를 준비할 수 있기 때문에 한 해 농사에서 가장 중요한 시기다. 보리농사가 많은 남부 지방이 더 바쁘고 중부 지방은 조금 한가하다. 보리를 베고 나면 볕 좋은 날 바짝 말렸다가 마당에서 보리타작을 했고, 보리타작이 끝나

밟고 가는 논배미에 얼마나 많은 땀방울이 떨어졌는지 아이들은 알까. 아니 몰라도 좋을 것이다. 논둑길을 지나 들판을 가로지르며 학교를 오가는 저 아이들이 언젠가 오늘을 옛이야기로 남길 테니까. 화개.

면 마침내 본격적인 벼농사가 시작되었다.

쟁기질 – '묵은 땅 갈아엎어 땅심을 살린다'

　　　　논흙은 물에 젖은 채 얼었다 녹았다를 반복하며 고단한 겨울을 보냈다. 농사를 잘 지으려면 이런 흙을 부드럽게 풀어주어야 한다. 땅을 일구어 단단하고 덩어리진 흙을 잘게 부숴줘야 씨가 잘 자란다. 그래서 하는 일이 쟁기질이다.

　이른 봄에 쟁기질이 시작되면 들녘은 소 모는 소리로 요란하다. 집집마다 겨우내 쉬고 있던 소를 몰고 나와 쟁기질하기에 바빴다. 소가 움직일 때마다 목에 걸린 방울 소리가 울려 퍼지고, 들녘은 겨울잠에서 깨어났다.

　밭에 콩을 심을 때도 호미질하기 전에 쟁기질 먼저 해야 한다. 논에 모를 내기 위해서는 더욱 쟁기질이 필요하다. 어린모가 쉽게 뿌리를 내리려면 흙이 부드러워야 하기 때문이다. 쟁기질을 하면 땅심이 좋아지고 잡초가 생기는 것도 막아준다. 흙이 풀려 있어야 잡초를 제거하기도 수월하다. 모든 농사는 쟁기질에서 시작되는 것이다.

　쟁기질은 땅을 깊숙이 파내어 최대한 많이 뒤집어주는 것이 으뜸이다. 흙의 아래위가 뒤집히면서 섞이면 땅속에 있던 흙이 밖으로 나오게 된다. 빛을 못 보던 흙도 빛을 보게 되고, 잡초는 흙과 섞이게 된다. 이처럼 긴 겨울 동안 땅속에 묵혀 있던 논흙을 바깥으로 꺼내 공기와 햇볕을 쬐어주고, 흙에 새로운 활력을 불어넣는 것이 쟁기질이다.

　물이 많은 무논은 쟁기질이 더욱 힘들다. 이럴 땐 종종 가래로 쟁기질을 한다. 가래로 하니 가래질이라고 하지만 쟁기질과 마찬가지다. 한 번

서둘러 보리를 베고 나면 곧바로 쟁기질을 한다. 아무리 기운 좋은 소라도 뱃구레가 벌렁거리도록 힘든 일이다. 논은 밭보다 흙이 차져서 훨씬 힘들다. 논농사를 하는 소는 봄에 엉덩이뼈가 불거지도록 마르곤 한다. 상주.

해서는 안 되고, 여러 번 반복해야 한다.

소 길들이기 – '소 콧바람 소리에 봄날이 간다'

땅을 갈아엎기 위해 소를 데리고 나온다. 한겨울 잘 쉬었던 소에게도 고달픈 계절이 시작된 것이다.

경운기나 트랙터가 없던 시절에는 소가 쟁기질을 도맡아 했다.

농부와 소가 서로 호흡이 잘 맞아야 농사일도 쉬운 법이라 쟁기질을 하기 전, 한동안 운동을 하지 않았던 소를 길들여야 한다. 논일에 적응이 안된 소는 무조건 앞만 보고 빨리 내달리려고 한다. 쟁기질을 하더라도 똑바로 가는 법이 없다. 구불구불 이리저리 제멋대로다. 주인 말을 듣지 않는 것은 물론이고 쉽게 지친다. 갈아야 할 논은 많은데 소가 벌써 지쳐서 눈자위를 허옇게 뒤집고 입에 거품을 물고 꼼짝도 하지 않으면 주인은 미칠 지경이다. 소가 주저앉기라도 한다면 큰일이다. 때리기도 해보고 살살 달래기도 해보지만 한 번 주저앉은 소는 끄떡도 하지 않는다. 일으켜 세워 일을 시켜도 몇 분 못 가서 다시 주저앉고 만다. 소의 근력이 떨어져 속된 말로 퍼진 것이다. 한 번 퍼진 소는 다시는 일어나지 못한다. 그날 일은 종친 것이다.

소를 길들이는 데는 시간과 노력이 많이 든다. 농사일이 시작되기 전 보름 정도 초봄에 동틀 무렵 동네 어귀로 소를 몰고 나가서 힘겨운 씨름을 시작한다. 소 뒤에 쟁기 대신 폐타이어를 달고 타이어 위에 무거운 돌을 얹어 근력을 키운다. 하루 종일 같은 길을 왕복하는데 딴청을 피우거나 다른 길을 가면 주인에게 호된 야단을 맞는다. 동네를 몇 바퀴 돌고 나면 소

웃자란 자운영 꽃밭에도 쟁기가 들어온다. 봄을 밝히던 연홍빛 꽃들도 사람의 양식을 위해 자리를 내주어야 한다. 그러나 그것은 사람의 생각일 뿐, 칼날이 지나가도 무심히 스러질 뿐이다. 구례.

쟁기질을 마친 논은 덩어리진 흙을 잘게 부숴주는 로터리 작업을 한다. 이젠 사람의 힘으로 엄두도 못 내지만 예전에는 쇠스랑으로 하던 일이다. 구례.

의 입에서 희뿌연 거품이 나오기 시작한다. 그러면 잠시 쉬었다가 다시 똑같은 과정을 반복한다. 아직 공기가 찬 초봄이라 소의 입에서는 허연 입김이 쉴 새 없이 나온다. 같은 길을 수없이 오고 가야 하고, 끊임없이 소리를 질러야 한다. 보통 소 길들이기는 저녁 어스름이 들어서야 끝이 난다. 농부에게나 소에게나 힘든 일이다.

소 길들이기가 끝나면 소는 논으로 나선다. 논은 봄 햇살을 받아 물기를 머금고 있다. 땅도 풀렸고 논은 쟁기를 맞이할 준비가 되어 있다.

농부와 소는 몇 가지 소리를 통해 의사소통을 한다. '이랴'는 오른쪽으로, '자라'는 왼쪽으로 가라는 뜻이고 '워워'는 멈추라는 뜻이다. 사람과 지방마다 조금씩 다르지만 대개는 이렇게 통한다. 소와 사람이 의사소통하는 최소한의 언어인 셈이다. 그리고 이 말을 알아들어야 제대로 된 '일소'라고 할 수 있다.

쟁기질을 할 때는 쟁기날이 땅에 박히는 높낮이를 적절하게 조절해야 한다. 땅을 파는 깊이가 적당해야 힘이 많이 들지 않는다. 너무 깊지도, 얕지도 않게 쟁기질을 하려면 쟁기의 감각이 손에 익어야 한다. 쟁기를 들었다 놓았다 반복하면서 깊이를 조절한다. 좌우로 얼마만큼 이 각도를 유지하는지도 중요하다. 이 모든 것이 쟁기를 잡고 있는 농부에게 달려 있다. 땅의 느낌을 잘 알아야 쟁기의 깊이를 가늠할 수 있기 때문이다.

요즘은 소가 하던 쟁기질을 기계가 대신한다. 요란한 제초기 소리에 자운영 꽃봉오리는 여지없이 잘려나가고, 예리한 트랙터 칼날에 흙은 산산이 부서진다. 잘려나간 자운영 위로 트랙터가 굉음을 내며 땅을 갈아엎어 버린다. 이것이 오늘날 볼 수 있는 농촌의 쟁기질 풍경이다. 소의 방울 소리 정겹던 들녘은 기계가 점령한 지 오래다.

신농씨가 가르친 쟁기 사용법

소를 몰고 쟁기질하는 풍경은 70년대만 해도 쉽게 볼 수 있었던 우리의 농촌 풍경이었다. 아지랑이 피어오르는 들녘을 농부가 소와 함께 이리저리 누비고 다녔다. 그러던 것이 산업화되면서 소가 하던 일을 기계가 대신하게 되었고 더불어 쟁기 같은 농기구도 사라지고 있다.

요즘은 쟁기질하는 들녘에 가면 소의 방울 소리 대신 모터 돌아가는 소

소와 사람은 서로 의지하고 사는 관계다. 그런 관계가 되기까지 긴 세월이 필요했을 것이다. 야생의 땅을 일구어 논을 만든 게
지혜라면 들판의 소를 잡아다 길들인 것도 커다란 지혜였다. 남원.

소나 기계가 하는 일이 사람의 손과 같을 수는 없다. 논은 최대한 완벽한 수평을 이루어야 하는 곳이다. 조금만 돌출해도 그 부분은 물이 차지 않는다. 무엇이든 사람의 손이 미치지 않고 완전할 순 없다. 청산도.

리가 귀청을 때린다. 경운기에 달려 있는 로터리가 쟁기를 대신하는데 칼날을 서로 엇갈리게 놓고 고속으로 회전시켜 땅을 가는 동시에 흙을 부순다. 이래 엎으나 저래 엎으나 흙이 엎어지는 것은 마찬가지지만 칼날 아래 사정없이 부서지는 흙이 괜스레 안쓰럽다.

쟁기는 농경의 역사와 함께해왔다. 예로부터 땅을 가는 데 가장 많이 사용되는 농기구가 쟁기였다. 농사짓는 법을 처음 가르쳤다는 신농씨는 나무를 자르고 휘어서 쟁기를 만들었다는데, 논과 밭을 갈 때는 쟁기를 사용하고, 김을 맬 때는 호미를 사용하는 것이 좋다고 백성들에게 가르쳤다고 전해진다.

　신석기 시대의 돌보습이 발견된 것으로 미루어 학계에서는 쟁기가 신석기 시대부터 사용된 것으로 보고 있다. 쟁기는 가장 대표적이며 가장 오래된 농기구로, 쟁기의 역사가 곧 농경의 역사인 셈이다.

　쟁기는 시대가 흐르면서 다양하게 변해왔다. 조선 시대만 해도 전기에는 볏이 없는 보쟁기가 주로 쓰이다가 후기로 들어서면서 볏을 달기 시작한다. 볏이란 쟁기의 쇠 위에 비스듬하게 덧댄 쇳조각으로 흙을 한쪽으로 비스듬히 떨어지게 하는 역할을 한다. 볏이 없어도 쟁기를 옆으로 기울이면 흙이 한쪽으로 쏟아지지만, 볏이 있는 쟁기가 등장하면서 땅을 더욱 손쉽게 갈 수 있게 되었다.

　쟁기의 몸체는 참나무로 만든다. 쟁기는 크게 앞쪽의 성에 부분과 뒤쪽의 보습 부분으로 나누는데 더 세분화하면 성에, 한마루, 손잡이, 술, 보습으로 구분된다. 성에는 소와 연결되는 부분으로 한마루에 연결되어 있다. 한마루는 성에와 술을 연결한다. 술은 쟁기의 아랫부분으로 비스듬히 뻗어나간 나무로, 그 바닥에 보습을 끼우게 되어 있다. 보습은 삽처럼 생긴 무쇠조각으로, 땅을 갈 때 흙을 일으키는 역할을 한다. 또한 보습의 밑바닥은 아래쪽에 있어 똥개라고 한다. 보습은 땅에 직접 닿기 때문에 쇠가 닳으면 갈아야 하는데(보통 열 마지기를 갈 때마다) 이제는 쟁기를 거의 사용하지 않기 때문에 보습도 구하기 힘들다고 한다. 간혹 볏이 없는 쟁기도 있지만 이제는 거의 사용하지 않는다. 가장 많이 사용하는 것은 성에가 긴 호리쟁기다.

　소 한 마리가 끄는 쟁기를 호리쟁기라고 한다. 호리는 논을 가는 데 사용하거나, 비교적 거칠지 않은 밭을 개간할 때 사용한다. 호리는 소 두 마

갈아놓은 논에 물을 채우고 나면 써레질을 한다. 논을 삶는 일이다. 논을 삶다니! 한마디로 논을 구워삶아 모내기하기 좋게 만드는 일이다. 기막히게 아름답고 정확한 우리말 표현이다. 영월.

리가 끄는 겨리보다 더 많이 사용되었는데 요즘도 남부 지방에서는 기계를 사용하지 않고 호리쟁기질하는 모습을 가끔 볼 수 있다.

겨리쟁기는 보통 산간 지대의 거친 밭을 갈 때 사용하는, 소 두 마리가 끄는 쟁기를 가리킨다. 겨리로 쟁기질할 때는 힘의 균형을 잘 잡아 한곳으로 모으는 기술이 필요한데 이것은 소 모는 솜씨와 관련 있다. 강원도에서 흔히 볼 수 있었던 겨리쟁기질도 이제는 거의 찾아볼 수 없게 되었다. 흙이 많이 좋아져서 굳이 소 두 마리를 쓸 필요가 없을 뿐더러 쟁기를 대신할 기계가 있기 때문이다.

　쟁기 외에 땅을 가는 데 쓰는 농기구로는 괭이, 극젱이, 쇠스랑 등이 있다. 논밭을 가는 데 쓰는 쟁기는 몸체가 큰 것이지만, 밭고랑을 만들 거나 김을 맬 때는 극젱이를 사용한다. 극젱이는 쟁기와 용도가 같다. 다른 점이 있다면 땅을 얕게 가는 데 사용된다는 것이다. 극젱이는 사람 이 끌 때가 더 많으며 대개 집 앞의 채마밭이나 콩밭을 갈 때 많이 사용 한다.

　괭이는 땅을 파거나 풀을 제거할 때 주로 사용하고, 쇠스랑은 논둑 에 흙을 긁어올리고 흙덩이를 깨서 고르는 데 사용한다. 또 밭을 파고 흙을 고르거나 골을 반반하게 고르기도 한다.

써레질 – '흙은 모름지기 부드러워야 한다'

따뜻한 봄날 논두렁 너머로 산수유꽃이 피어 있고, 소 방울 소리 쟁그랑쟁그랑 울리는 써레질 풍경은 삶에 찌든 도시 사람들에게 고향의 향수를 불러일으킨다. 어릴 적 내 고향 풍경이 그러하지 않았던가. 논에 물이 담긴 풍경도 그 고요함이 잠시 발길을 붙들 것이다. 써레질이 끝난 논은 고요하고, 달빛을 받으면 여인의 살결처럼 부드러우며, 아름답다.

논을 삶는다! 국어사전에서는 '논을 삶다'의 뜻을 '논밭의 흙을 써레로 썰고 나래로 골라 노글노글하게 만든다'라고 풀이해놓았다. 써레는 써레질할 때 사용하는 것이고, 나래는 논밭을 반반하게 고르는 데 사용하는 농기구다. 나래의 생김새는 써레와 비슷한데 나무판을 두세 개 잇대어 만든다. 또 써레의 발 부분에 철판을 가로 대어 쓰기도 한다. 논이나 밭을 개간할 때도 많이 사용하는데 자갈이나 흙덩이 같은 것을 밀어낼 수 있게 만들었다.

우리말 중에 '구워삶다'라는 표현이 있다. 매우 그럴듯한 방법으로 상대방을 자신의 생각대로 만드는 것을 뜻한다. 논을 모내기하기 쉽게 이리저리 주무르니 그러므로 '논을 삶는다'는 표현도 정확한 말이라 하겠다.

써레질은 쟁기질을 끝내고 물을 채운 무논을 삶고 고르는 일이다. 소에 봇줄로 써레를 달아 물이 담긴 논을 이리저리 누비면서 논바닥을 고르고 흙을 부수는 것이다. 써레질은 쟁기질과 달리 물이 고여 있는 무논에서 하기 때문에 힘과 시간이 더 많이 든다. 써레질이 끝나면 모내기를 하기 때

역시 한쪽으로 밀려온 흙은 사람이 다시 골라주어야 한다. 논둑가로 밀려와 쌓인 흙을 낮은 곳으로 넣어주어야 하는데 거의 예술적인 감각과 눈썰미가 필요하다. 사실 농사일의 작은 과정들은 예술행위와 흡사한 점이 많다. 청산도.

논농사가 기계화되면서 들녘에는 사람의 소리가 들리지 않는다. 새참을 내오거나 점심을 하지도 않는다. 평당 얼마로 계산된 품삯을 지불하면 그뿐, 막걸리 한 잔 나누는 풍경도 옛일이 되었다. 구례.

문에 써레질을 마치면 논일에서 고된 일은 거의 끝난 셈이다.

써레질은 쟁기질을 끝낸 후 모를 내기 전에 한다. 쟁기질한 흙은 덩어리로 뭉쳐 있기 때문에 논에 물을 채우고 써레질을 해서 잘게 부수어야 한다. 이렇게 써레질을 하고 나면 흙은 더욱 부드러워지고 고와져서 어린모가 잘 자란다. 부서진 흙 알갱이 사이로 공기와 물 그리고 양분이 잘 침투되기 때문에 어린모가 뿌리를 튼튼히 내릴 수 있게 되는 것이다. 또 써레질은 논에 채운 물이 빠지는 것을 막는 동시에 비료를 고르게 분산시키는 역할도 하므로 물이 안 빠지는 논은 써레질의 횟수를 줄이는 것이 좋고,

토양이 거친 산간 지대의 논은 써레질의 횟수를 늘려서 흙을 곱게 하는 것
이 좋다고 한다.

써레질이 끝난 다음에는 물이 담긴 논바닥을 고르기 위해 번지질을 한
다. 번지는 흙을 고르거나 곡식을 긁어모으는 데 사용하는 농기구로, 보통
써레에 널빤지를 대서 사용한다.

달빛 받은 무논의 호수 같은 아름다움

"워워~" 물이 질퍽한 논에서 써레질에 힘겨워하던 소가 잠시 걸음을 멈춘다. "이랴" 소는 잠시 멈추었던 걸음을 다시 옮기기 시작한다. 써레질하는 무논에서 농부와 소의 대화는 이렇게 시작된다.

첨벙거리는 물소리와 함께 소를 부리는 농부의 소리는 힘이 있고 우렁차다. 아침부터 시작한 써레질은 하루 내내 이어진다. 농부와 소는 흙탕물을 첨벙거리며 무논을 누빈다. 바삐 하고 싶어도 마음처럼 되지 않는 것이 써레질이다. 봇줄을 잡고 가는 농부의 발걸음도 소를 따라가야 하기 때문이다. 기계보다 한참이나 느리다. 무논에서 느릿느릿 움직이며 부지런히 써레질을 한다. 시간이 흐를수록 소의 콧바람은 거세지고 써레를 잡고 있는 농부의 손등은 봄바람에 갈라진다. 해질녘까지 그들의 일은 끝날 줄 모른다. 해는 어느덧 서산에 기울고, 무논은 저녁노을로 붉게 물든다.

비탈지거나 아주 작은 논의 써레질은 소의 몫이다. 기계가 들어갈 수 없기 때문이다. 논두렁이 구불구불하고 휘어져 있으면 기계로는 일하기 어렵다. 손바닥만 한 텃논에 기계를 써서는 기름값도 나오지 않을 뿐더러 집에서 빈둥빈둥 놀면서 사료만 축내는 소를 그냥 두기 싫은 것인지도 모른다. 아직도 남부 지방이나 지리산 깊은 골짜기에는 경지 정리가 되지 않은 다랑논이나 계단식 논들이 많이 남아 있는데 그런 곳에서는 소가 써레질을 도맡는다.

70년대에 새마을 사업으로 경지 정리를 부지런히 했으니 벌써 삼십 년이 되었다. 웬만한 곳은 거의 경지 정리가 다 된 셈이다. 어쩌다 비행기에서 내려다보면 네모반듯한 바둑판 모양의 논이 즐비하다. 구불구불한 다랑논보다 멋은 없지만 기계로 작업할 수 있으니 더할 나위 없이 편하다. 그래도 늙은 농부는 소와 한평생 농사를 지어왔으니 소리 요란한 농기계보다 집안 식구 같은 소에게 더 정이 갈 것이다. 소와 대화도 하면서 봄노래를 부르는 것이 사람 사는 냄새가 나는 풍경이지 싶다.

밤이 깊으면 써레질이 끝난 무논은 고요하다. 낮에 야들야들하게 삶겨진 논이 달빛을 받으면 그 아름다움은 잔잔한 호수의 그것과 같다. 어느 자연 풍경에 비할 바가 아니다. 이 호수 같은 무논은 이튿날이 되면 새파랗게 돋아난 어린모를 품게 된다.

모내기 – 논농사의 꽃

논농사의 꽃은 모내기다. 모내기는 일 년 농사를 결정짓는 중요한 일이기 때문에 모내기를 하면 농사의 반이 끝났다고 말한다. 못자리의 모가 잘 자라야 모내기를 잘할 수 있고, 모내기를 한 모가 땅에 뿌리를 튼튼히 내려야 벼가 잘 자라며, 벼가 잘 자라야 그해의 풍년을 기약할 수 있기 때문이다.

풍년은 농민의 소망이다. 양식 걱정을 하지 않아도 되는 풍년은 늘 농민의 꿈이고 희망이었다. 풍년을 꿈꾼다는 것은 얼마나 가슴 벅찬 일인가! 그 꿈은 모를 심는 순간부터 현실로 나타나기 시작한다.

모내는 날이 되면 사람들은 새벽부터 바쁘다. 늦겨울부터 이른 봄까지 부지런히 쟁기질과 써레질을 해놓은 논에 어린모가 하나 둘 채워지기 시작한다. 마을 사람들은 번갈아 날을 잡아 서로의 품을 사고팔았다. 새벽부터 일꾼들은 모를 찌고, 논 여기저기에 다발로 묶은 모들을 집어던진다.

줄잡이가 못줄을 길게 잡아당기면 모꾼들은 일렬로 줄을 서서 못줄에 맞춰 모를 심는다.

모내는 날은 우리 논의 축제이자 삶의 축제였다. 모내기는 한 해 농사의 시작을 알리는 마을축제와 다름없었고 마을 사람들은 축제처럼 노동을 즐겼다. 마을의 어른 아이 할 것 없이 들뜬 마음으로 함께 어울리고 함께 노동하던 것이 모내기였다.

모내기는 보통 5월 말에서 6월에 하는데, 볍씨를 뿌린 지 40일 정도 지난 때다. 모내기를 하려면 우선 못자리부터 만들어야 한다. 못자리는 볍씨를 뿌려 모를 기르는 논을 말하는데 논 한구석에 만드는 것이 보통이다. 보리나 밀이 자라는 논은 한쪽 옆 비워둔 곳에 못자리를 만든다. 논 200평에 모를 심으려면 열 평 정도의 못자리가 필요하다.

못자리에는 부직포나 비닐을 씌우는데 부직포를 덮고 비닐을 한 겹 덧씌우면 모가 더 빨리 자란다. 요즘은 플라스틱 상자에서 모를 키우는 상자 육묘를 하기 때문에 모 기르기가 훨씬 수월해졌다. 못자리를 논바닥에 바로 만드는 경우에는 두세 번에 걸쳐 잡초를 뽑아줘야 하기 때문에 훨씬 번거롭다.

모판에는 황토를 쓴다. 붉은색 황토를 가득히 쌓아놓고 모판을 만드는데 황토를 사용하면 모가 잘 자라고 병이 없다고 한다. 또 모판 밑에는 구멍이 나 있기 때문에 황토를 사용해야 흙이 뭉쳐서 잘 빠져나가지 않는다.

모를 찌는 것은 모판에서 자란 모를 뽑아내서 한 춤씩 묶는 것을 말한다. 이때 한 춤이란 모꾼이 일하기 쉽게 한 손으로 쥘 만한 분량을 가리킨다.

모를 서너 개씩 잡아서 한 춤이 되면 지푸라기로 묶는다. 이것을 모춤이라고 한다. 모춤 나르는 일을 맡은 사람을 모쟁이라 부른다. 모쟁이는

모를 찐다는 말이 있다. 논 한쪽 못자리에 볍씨를 뿌려 자란 모를 손으로 뽑는 일을 일컫는다. 이제는 플라스틱 모판에 씨를 뿌리고 모판째 이앙기에 얹는다. 장수.

모춤을 묶어서 지게에 가득 담아 논두렁으로 지고 나가서는 논두렁에서 논을 향해 여기저기 던져넣는다. 던져진 모춤은 무논에 뿔뿔이 흩어지기도 하고 거꾸로 처박히기도 한다. 아이들은 그 재미에 아무렇게나 던져 넣기도 한다. 아침부터 부지런히 모를 찌면 반나절이면 끝이 난다.

모를 다 찔 즈음이면 본격적인 모내기가 시작된다. 모내기는 허리가 아프고 지루한 노동이다. 물이 채워진 무논에서 허리를 숙이고 하루 종일 모를 심는 일은 고통이다. 요즘은 이앙기를 사용하여 허리를 구부리지 않아도 되지만, 기계가 없던 시절에는 흥이 없으면 할 수 없을 정도로 힘이 들고 품이 많이 드는 일이 모내기였다.

사람이 손으로 모를 내기 위해서는 논에 못줄을 대야 한다. 못줄에는 한 뼘 간격으로 눈금이 표시되어 있는데 눈금 마디마다 빨간 리본을 매어놓고 모 심는 간격을 맞춘다. 대충 눈대중으로 심을 수도 있지만 못줄을 사용하면 그 줄을 기준으로 반듯하게 모를 심게 되어 논매기와 추수 때 작업이 쉬워진다. 한 평이나 두 평 정도의 작은 논은 못줄을 대지 않고 모내기를 하지만 큰 논은 반드시 못줄을 사용해야 한다.

못줄을 잡고 있는 사람을 줄꾼 혹은 줄잡이라고 부른다. 논 양쪽 논두렁에서 줄꾼들이 못줄을 붙잡고 있으면 3~4미터 간격으로 일꾼들이 늘어서서 모를 심는다. 모를 한 줄 다 심으면 다시 못줄을 뒤로 한 칸씩 이동해가면서 심는다. 모를 심는 사람들과 줄꾼 사이에 박자가 잘 맞아야 일이 수월하게 진행된다. 줄꾼이 못줄을 제대로 잡지 않으면 모는 구불구불 휘어서 심겨진다.

모는 깊지도 얕지도 않게 심어야 한다. 그 깊이의 적절함은 농부의 손 감각에 달려 있다. 그 감각은 하루아침에 만들어지는 것이 아니라 오랜 세

농부의 손을 떠나 논에 심겨진 모는 긴 항해를 시작한다. 비바람과 뜨거운 햇살을 지나 그 자신의 뿌리인 낟알이 되기 위해. 그 여정이 한 알의 볍씨의 일생이다. 구례.

벼농사의 꽃인 모내기다. 허리가 끊어질 듯해도 못줄이 넘어오면 또 허리를 굽혀야 한다. 손톱 밑이 쓰리고 아파도 한 춤 한 춤마다 허리를 숙이는 일, 구도하는 자의 고행이 이와 같으리라. 여수.

예전에 비하면 십 분의 일도 안 되게 일이 줄어든 게 벼농사다. 그래도 모판에 흙을 담아 눈을 틔우고 못자리를 만드는 일은 중
노동이다. 장수.

월 동안 모를 심으면서 만들어진다. 급한 마음에 모를 서둘러 심으면 모가
제대로 심기지 않고 물 위로 떠오른다. 이것을 뜬 모라고 한다. 뜬 모를 발
견하면 바로 빈자리에 꽂아주어야 한다.

논에 직접 볍씨를 뿌릴까, 모내기를 할까

일반적으로 벼농사의 파종 방법은 세 가지다. 물이 가득한 논
에 직접 볍씨를 뿌리는 방법과 물이 없는 마른논에 직접 볍씨를 뿌리는 방

물먹은 흙에 빠진 발은 좀처럼 옮겨지지 않고 비닐을 고정시키기 위해 흙으로 빈틈없이 눌러주어야 한다. 많은 농민들이 노쇠한 상태이기 때문에 이 정도의 일도 힘에 부친다. 장수.

법 그리고 마지막으로 물이 가득한 논에 모를 심는 방법이다. 앞의 두 가지는 직접 파종한다고 해서 모두 직파라고 부르는데 물이 있으면 담수직파, 마른논이면 건답직파라고 한다.

우리나라는 본디 물이 있는 논에 직접 볍씨를 뿌리는 담수직파가 가장 일반화된 재배법이었다. 초기에는 물이 있는 논에 직접 볍씨를 뿌려 재배했고 점차 천수답 같은 물이 없는 논이나 물이 부족한 마른논에도 직접 볍씨를 뿌렸다. 봄에 비가 오지 않을 때는 마른논에 볍씨를 뿌리는 건답직파를 했다가 7~8월에 비가 오면 물을 채워넣는 방법을 쓰기도 했다.

모를 키워서 논에 심는 이앙법이 14세기 이전인 고려 시대에 소개되고서도 널리 보급되기까지 몇백 년의 시간이 흘렀던 데는 그만한 이유가 있었다. 모내기를 하자면 항상 물이 있어야 하기 때문에 수리시설이 제대로 갖추어져 있어야 한다. 우리나라는 7~8월 장마철에 집중적으로 비가 내리고 본격적인 농사철인 4~5월에는 가뭄이 심해서 물을 안정적으로 공급받을 수 있는 논이 많지 않았기 때문에 조선 시대에는 나라에서 모내기를 금지시키고 논에 볍씨를 직접 뿌릴 것을 권장하기도 했다.

하지만 나라에서 금지해도 모내기를 하는 농가가 점차 늘어났다. 어린모를 모판에서 키우는 동안 잡초를 솎아내서 수확량을 늘릴 수 있었기 때문이다. 일정한 간격으로 모를 내기 때문에 수확하기도 훨씬 쉽다. 게다가 모내기를 하면 모를 내기 전까지 비어 있는 논에 다른 작물을 심어 부가적인 수확도 얻을 수 있었다. 특히 소작농들은 겨울에 심은 보리에 대해서는 소작료를 내지 않아도 되었기 때문에 더더욱 이앙법을 선호할 수밖에 없었다.

모를 심는 방법에 따라 모의 이름도 다양한데 못줄을 사용하여 심는 모를 줄모라고 하고 못줄을 사용하지 않고 손짐작으로 이리저리 심는 모를 허튼모라고 한다. 모를 심는 간격에 따른 용어도 있다. 촘촘히 심는 모를 종종모라고 하며 띄엄띄엄 심는 모를 삿갓들이라고 하는데, 삿갓들이는 논에 삿갓이 들어갈 만큼 듬성듬성한 것을 표현한 말이다.

또 비가 오지 않아서 마른논에 모를 심는 것을 강모라고 한다. 강모 중에서도 메마른 논을 호미로 파서 심는 모를 호미모라 하고, 꼬챙이로

모내기는 흥이 나지 않으면 너무도 힘든 노동이다. 그래서 일을 하지 않고 논머리에서 농악만 치는 사람을 따로 둘 정도였다. 이 노부부는 어떤 흥으로 고된 노동을 견디는 것일까. 구례.

파서 심는 모를 꼬창모라 부른다. 모를 심는 시기에 따라서는 일찍 심는 모를 이른모, 늦게 심는 모를 늦모 또는 마냥모, 아주 늦게 심는 모를 퇴마냥이라 부른다.

근래에는 이앙기를 사용하여 모를 심고, 수리시설이 잘되어 있어서 모를 두고 이르는 다양한 명칭들도 사라지고 있다. 이앙기에 모판을 싣고 써레질이 끝난 논을 이리저리 누비면 기계가 알아서 깊이까지 일정하게 모를 심어주니 더할 나위 없이 편한, 그러나 모내기에 깃든 저마다의 이야기는 실종된 시대가 된 것이다.

논매기 – 호미로 두 번, 손으로 한 번

모내기가 벼농사의 꽃인 것은 두말할 필요가 없지만 모내기만 잘한다고 해서 벼농사가 잘되는 것은 아니다. 논에서는 벼뿐 아니라 갖가지 잡초들이 벼가 먹어야 할 양분을 나누어 먹으며 악착같이 자란다. 이런 풀들을 뽑아 줘야 벼가 잘 자라게 되므로 건너뛰어서는 안 되는 일이 논매기다.

논에서 잡초를 제거하는 일을 '김매기'라고 한다. '김'은 논이나 밭에 난 잡초를 일컫는 말이며, '매다'라는 동사는 논밭에 난 잡초를 뽑는 것을 말한다. 즉, '김을 맨다'는 것은 논밭에서 재배하는 작물 외의 풀을 제거하는 일을 통칭하는 것이다. 제초제가 나온 후 이야기가 달라졌지만 예전에는 한여름 땡볕 아래서 손으로 일일이 풀을 뽑는 것이 바로 논매기였다.

벼농사에서 가장 힘든 일이 쟁기질과 논매기라고 한다. 이 중에서도 모내기가 끝나고 벼꽃이 필 때까지 규칙적으로 해야 하는 논매기는 가장 고된 일 중 하나였다. 벼가 논에서 자라는 동안 방동사니와 피 같은 풀도 함

논농사 중에 가장 힘든 일이 김매기다. 뜨거운 햇살과 달구어진 논물 사이에서 허리를 구부리고 잡초를 뽑는 일이다. 오죽하면 죽지 못해 하는 일이라고 했을까. 산다는 것은 그렇게 엄숙한 것이다. 부안.

께 자란다. 물론 어느 정도 자란 모를 심기 때문에 벼는 풀들과의 경쟁에서 한발 앞서지만 워낙 잡초의 성장속도가 빨라서 수시로 뽑아내야 한다.

논매기는 모낸 후 보통 20일이 지나면 시작하는데 추수할 때까지 세 번정도 해준다. 애벌과 두벌 김매기는 호미로 매고, 세벌은 보통 손으로 맨다. 호미로 맬 때는 논의 물을 거의 뺀 상태에서 잡초를 파낸다. 그 후 다시 물을 채워서 흙이 풀어지도록 하는데 흙덩이가 풀어지면 맨손으로 잡초를 뽑아낸다. 보통 하지를 전후해서 애벌 김매기를 하고, 보름 후에 두벌 김매기를 한다. 물론 그 이후에도 수시로 김매기를 해주는 것이 좋다.

벼꽃이 피기 전까지 김매기를 다 해야 하기 때문이다. 벼꽃이 핀 상태에서 논에 들어가면 수정이 제대로 되지 않아 낟알이 잘 맺히지 않는다.

초여름에 시작해서 여름철 내내 이어지는 논매기는 농부에게 가장 고된 노역이었다. 등에는 강렬한 태양이 내리쬐고 발 아래서는 볕에 달궈진 논물이 푹푹 찌는 열기를 뿜어올리는 가운데 아침부터 저녁까지 허리 굽혀 풀을 뽑아야 하니 그 고통이 어떠했으랴! 그래서 논매기를 할 때 빠지지 않는 것이 막걸리였다. 논두렁에 앉아 들이키는 시원한 막걸리 한 잔이면 논매기의 고단함도 얼마간 잊을 수 있었다.

호미를 씻어두고 몸보신을 한다

피는 사람 손으로 직접 뽑지만 뿌리가 논흙에 깊이 박혀 있는 풀들은 손으로 뽑을 수 없어 농기구를 사용해야 하는데 이때 주로 사용하는 것이 호미였다. 농기구치고는 매우 작아 보잘것없어 보이지만 호미의 위력은 대단하다.

호미는 종자를 심거나 김을 매는 데 주로 사용하는 다용도이자 필수적인 기본 농기구로, 집집마다 처마 밑에 걸어두고 사용했다. 밭매기에는 1년 내내 호미를 사용하지만, 논은 세벌 김매기가 끝나면 더 이상 호미를 사용할 일이 없다. 보통 양력으로 8월이면 마지막 김매기가 끝나므로 호미를 씻어서 집에 들여놓는다. 이듬해 농사가 시작되는 날까지 처마 밑에 잘 보관하는 것이다.

논매기를 끝내고 날을 잡아 하루를 즐겨 노는 일을 호남 지방에서는 '호미씻이'라고 한다. 호미씻이는 지방마다 다른 말로 불려 호미시세, 풋

대나무 평상에 점심상이 차려졌다. 밥을 위해 일을 하고 일을 위해 밥을 먹는다. 이 단순한 순환이 인간의 역사를 만들어왔다.
상을 물리면 잠시 꿀 같은 낮잠에 들 것이다. 낮잠도 지혜다. 해남.

똑같아 보이는 논이지만 농부는 어디쯤에 거름이 부족하고 과한지 금방 안다. 물꼬를 얼마나 열어놓아야 하는지, 어떤 병충해
가 오는지. 예리한 관찰자의 눈은 수천 년을 이어온 생산자의 본능이다. 여주.

굿 또는 초연이라고도 하는데 경기도 지방에서는 호미를 걸어둔다 해서
'호미걸이' 라고 한다.

　호미씻이는 고된 농사가 끝나는 음력 7월 15일을 전후하여 열린다. 이
때가 바로 절기상으로 백중일이다. 백중일은 잔치를 벌려 놀이를 함으로
써 노동의 고단함을 달래는 데서 유래되었다고 한다. 논에서 하는 고된 농
사일은 거의 끝나 추수를 앞두고 잠시 허리를 펼 수 있는 이 무렵에 하루
날을 잡아 먹고 마시며 심신의 피로를 풀었던 것이다.

가을걷이 – 들녘의 빛깔이 거둘 때를 알린다

농부는 들녘의 빛깔로 가을이 무르익음을 안다. 여름 태풍을 꿋꿋이 버텨낸 낟알이 여물면서 들녘은 짙은 황금빛으로 물들고 가을은 절정을 향한다.

모를 낸 지 백 일이면 이삭이 패고 꽃이 피며, 벼꽃이 지고 나서 낟알이 영글면 어느새 추수가 가까워진다. 들녘 여기저기에 허수아비가 세워지고 농부는 추수할 채비에 바쁘다.

벼가 누렇게 익기 시작하면 농부의 애타는 마음은 아랑곳없이 참새 떼가 날아든다. 논 가장가리에 막대기를 꽂고 중간 중간에 깡통을 단 새끼줄을 연결하여 세차게 흔들면 온 들에 참새 떼를 쫓는 깡통 소리가 쩌렁쩌렁 울린다. 험상궂은 허수아비를 비롯하여 머리를 짜내 만든 온갖 '신병기'가 동원되지만 새들은 황금 들녘을 쉬이 떠날 줄 모른다. 그래도 농부의 마음은 넉넉하다.

벼 베기가 늦어지면 서리를 맞게 되는데 서리를 맞은 벼는 밥맛이 떨어질 뿐 아니라 짚도 거칠어서 사용하기에 나쁘다. 그래서 가을걷이는 서리가 내리기 전에 해야 한다. 하지만 모두가 바쁜 추수철에 일손을 구하는 것은 쉽지 않은 일이다. 농경사회에서 자식 많은 것을 으뜸가는 복으로 꼽았던 것도 농사일이라는 게 품이 많이 드는 일이었기 때문이다. 이웃과 품을 사고팔 날짜를 잘 조정해서 추수할 날을 잡는 것도 한 방편이었다.

기계가 도입되기 전에는 주로 낫으로 벼를 벴다. 인류가 원시 시대에 수확의 도구로 사용했던 돌칼이 발전하여 지금의 낫이 되었는데 농작물이나 나무, 풀을 베는 데 두루 사용된다. 낫으로 벼를 벨 때는 벼 포기를 밖에서 안으로 한 줌 움켜쥐고 바닥에 최대한 가까운 지점에서 베어야 하지만 날이 흙에 부딪쳐 흙이 튀어오르지 않도록 해야 하므로 요령이 필요한 일이다.

현대에 와서 벼 베기는 기계가 도맡다시피 하고 있어 낫을 쓸 일이 거의 없다. 이따금 태풍으로 쓰러진 벼를 거두어들이거나 기계가 들어가지 못하는 작은 논에서 수확할 때는 요긴하게 쓰인다.

벼 베기가 끝나면 볏단을 잘 말린다. 볕 좋은 날에 벼이삭이 서로 부딪쳐 청아한 소리가 날 때까지 말린 다음 탈곡기에 대고 타작을 한다. 추수

벼가 실하게 익었다. 아주 물을 빼고 논을 바싹 말려야 한다. 지게를 벗어놓고 주인은 종적이 없다. 이맘때가 바로 먹지 않아도 배부른 때. 괴산.

가 끝난 논은 탈곡 작업을 하는 사람들로 북적거린다. 탈곡기는 밟을수록 신이 나서 돌아가고, 잘 마른 볏단에서 벼가 알알이 떨어진다. 탈곡기를 밟는 사람, 볏단을 건네주는 사람 모두가 흥에 겹다. 탈곡이 끝나면 볏짚 을 한 묶음씩 묶어 논바닥에 던진다. 해질녘까지 들녘은 추수하는 사람들 로 술렁인다. 가을걷이가 끝난 늦가을 해거름, 사람들은 하나 둘 집으로 향하고 부산하던 가을 들녘은 겨울을 향해 긴 잠을 청한다.

우리 농촌에서 일상적으로 볼 수 있었던 이 풍경을 그러나 이제는 좀처 럼 보기 어렵다. 들녘은 한 사람이 운전하는 콤바인 소리로 요란할 뿐이

탈곡기 소리가 요란하고 벼 가마가 쌓인다. 오늘만큼은 고되지 않다. 일 년 동안의 힘겨움과 고단함도 볏짚 날아가듯 날아가버
린다. 이날이 있어 내년의 농사일이 또 기다려지는 것이다. 남원.

겨울이면 새끼를 꼬고 가마니를 치고 멍석을 짠다. 그 모두가 짚이 재료다. 신도 삼고 다래끼도 만들고 이엉도 엮는다. 콩깍지
와 함께 구수한 냄새를 풍기며 가마솥에서 끓어 넘치던 소여물도 바로 짚이다. 하동.

다. 콤바인이 논을 헤집고 다니면 벼가 기계 속으로 빨려 들어가서는 갈기 갈기 찢겨 논바닥에 내뱉어지는 볏짚과 기계 속에 차곡차곡 쌓이는 낟알로 일사불란하게 나뉜다. 이윽고 기계가 빈 공간에 낟알을 다 채우면 뻑뻑 소리가 들리고, 농부는 논두렁에 대기하고 있던 트럭에 그것을 쏟아 붓는다. 이 모든 작업을 한 사람이 다 한다. 그래서 요즘은 가을이 되어도 논에 사람들이 북적대지 않는다. 가끔은 사람 냄새 풀풀 나는 그 들녘이 그립다.

한쪽에는 나락이 익어 누웠고 옆에는 배추와 무가 자란다. 햅쌀을 찧고 김장 항아리를 묻으면, 구들에 등 지지는 긴 겨울이다.
논에서 거두는 평화의 시간이다. 구례.

논에서
자라는 작물들

논은 벼 외에도 다양한 작물을 키워낸다. 우리나라처럼 사계절이 뚜렷한 곳에서는 일 년 중 벼가 자랄 수 있는 기간이 한정되어 있어 벼를 심지 않을 때는 그 계절에 맞는 다른 작물을 심기 때문이다.

벼를 비롯하여 보리, 밀, 마늘, 자운영, 콩, 둑새풀, 피, 방동사니 등 논에서 자라는 식물은 무수히 많다. 그 중에는 사람들이 재배하는 것도 있고, 스스로 자라는 것도 있다. 인위적으로 재배하지만 식량으로 사용할 수 없는 것도 있는데 그 대표적인 것이 자운영이다. 또 둑새풀 같은 식물은 과거 식량이 부족할 때는 볶아서 먹기도 했다지만 지금은 먹지 않을뿐더러 아주 지독한 잡초로 취급한다.

논에서 자라는 식물은 인간이 재배하는 것만 꼽아도 벅찰 정도로 많다. 때문에 이 장에서는 인류에 영향을 많이 미친 중요한 곡물 위주로 말하려 한다. 우선 가장 중요한 벼부터.

✘ 벼

인류가 재배하는 헤아릴 수 없이 많은 작물 중에서 벼는 단위 면적당 수확량이 가장 많다. 벼를 도정한 쌀은 영양가도 높아서 쌀로 지은 밥 한 그릇은 훌륭한 한 끼 식사가 된다. 그런 연유로 인류는 수천 년 동안 벼를 재배해왔다.

논에서 자라는 대표 작물인 벼는 대개 물이 차 있는 무논에서 재배하지만 물이 없는 논이나 밭에서 재배하는 경우도 있다. 세계적으로 생산되는 벼의 절반 정도만 물이 있는 논에서 재배되고 나머지는 밭 혹은 깊은 물에서 재배된다(물의 깊이가 1미터가 넘는 경우도 있다).

벼가 지닌 본래의 성질은 물에서 자라기에 적합한 것이지만 밭에서도

하루 세 끼 쌀밥을 먹게 된 것이 그리 오래 전 일은 아니다. 조선 시대에도 평생 쌀 한 가마를 먹어보지 못하고 죽은 사람들이 숱하게 많았다. 그러니 참새에게 나누어줄 쌀이 있을 리 없다. 그런데 참새가 허수아비를 무서워할까, 과연. 증평.

재배할 수 있다. 제주도에서는 밭벼를 '산듸'라고 하며 물을 구하기 어려운 산간 지대에서 많이 심는다. 다른 지방에서는 '산디'라고 부르기도 한다. 밭벼는 멥쌀보다는 찹쌀을 더 많이 재배하며 생김새는 일반 벼와 구분이 가지 않지만 제주도에서는 산듸를 재배하는 밭 가운데에 돌담을 두른 무덤이 있어 밭벼가 자라는 풍경을 한눈에 알아볼 수 있다.

벼의 기원에 관해서는 여러 학설이 있다. 인류가 벼를 재배하기 시작한 시점에 대해서는 학자들마다 의견이 다르지만 인도를 비롯한 중국, 미얀마, 타이 등지에서 기원전 7천 년에서 5천 년 사이에 시작된 것으로 추정하고 있다. 한반도에는 기원전 2천 년경에 중국에서 들어온 것으로 보는 것이 일반적이다.

재배벼의 경우 품종은 크게 아시아 종과 아프리카 종으로 나뉜다. 아시아 종은 다시 자포니카, 인디카, 자바니카 종으로 나뉘는데, 자포니카는 아시아의 대표적인 재배 품종으로 우리나라와 중국, 일본 등에서 재배하고, 태국은 인디카, 인도를 비롯한 열대 동남아 지역은 자바니카 종을 재배한다. 아프리카 종은 점점 아시아 종으로 대체되고 있다.

보릿고개를 없애고 역사 속으로 사라진 통일벼

통일벼는 인디카와 자포니카 품종을 교잡하여 만든 것으로, 생산량이 일반 벼보다 훨씬 많다. 1971년에 통일벼가 개발되기 전, 우리나라에는 수십 가지 품종의 벼가 있었지만 1960년대 중반까지도 논 한 마지기당 수확량이 두 가마니도 채 되지 않았다고 한다. 만성적인 식량 부족에 시달리던 우리가 보릿고개를 탈출하게 된 배경에는 키가 작아서 바람에

나락을 베면 서로 기대어 햇볕에 말린다. 벼잎에는 미세한 털이 나 있어 서로 들러붙는다. 적당히 마른 후에 탈곡을 하거나, 탈곡을 한 후 말리기도 한다. 이제는 보기 어려운 풍경이다. 장수.

잘 쓰러지지 않는 통일벼가 있었다. 1972년에 나온 50원짜리 새 동전에 통일벼가 새겨진 것만 보아도 통일벼가 한국 근대화의 역사에서 어떤 비중을 차지했는지 짐작할 수 있다.

통일벼가 전국적으로 보급되기까지는 정부의 강한 의지와 공무원들의 끈질긴 노력이 있었다. 정부는 통일벼 심기를 꺼리는 농가에서 일반 볍씨를 뺏어갈 정도로 강력하게 밀어붙였고, 정부에서 수매한 통일벼는 정부미라는 이름으로 시중에 유통되었다.

통일벼는 녹색혁명으로 불렸던 쌀 자급의 일등공신 역할을 톡톡히 해

냈지만 밥맛이 떨어진다는 약점을 지녔다. 때문에 살림살이에 여유가 생기면서 농민과 소비자 모두에게 외면당했고, 나중에는 정부의 장려 품종에서 탈락하기에 이르렀다. 통일벼는 이 땅에서 보릿고개를 없애는 소명을 다한 끝에 역사 속으로 사라진 것이다.

'귀신 씻나락 까먹는 소리'의 그 나락

나락은 수확한 벼를 가리킨다. 사실 이 나락이라는 말은 경상도와 전라도, 강원도, 충청도 등지에서 널리 사용되는 방언이지만 속담 등의 관용구에서 자주 들을 수 있어 표준어로 알고 있는 사람들이 많다. 말도 안 되는 소리를 하는 사람에게 "귀신 씻나락 까먹는 소리 한다"라고 말할 때의 나락이 그 나락이다. 추수를 하면 먼저 다음해 농사에 종자로 쓸 씻나락을 따로 덜어놓은 다음 나머지를 양식으로 사용한다. 그런 귀중한 씻나락을 귀신이 까먹으니 기가 막힐 노릇이 아니겠는가. 농부들이 굶어 죽어도 손대지 않을 만큼 중요하게 여겼던 것이 씻나락이다. 농부에게 씻나락이란 벼 종자의 개념을 넘어 생명이고 다음해 농사의 꿈이 담겨 있는 것이었기 때문이다.

나락은 보통 광에 쌓아놓고 필요할 때마다 집에 있는 디딜방아로 빻아서 껍질을 벗겨냈다. 디딜방아가 없는 집은 날을 잡아 방앗간에 가서 벼를 빻아 왔다. 이렇게 벼의 껍질을 벗겨내는 과정을 도정이라고 한다. 오늘날에는 대형 미곡종합처리장에서 대량으로 도정하기 때문에 농가에서 직접 벼 껍질을 벗기는 일은 거의 없다.

그토록 귀했던 쌀이 언제부턴가 천덕꾸러기가 되었다. 쌀이 남아돌고 논에는 대체작물을 심으라고 한다. 식습관이 바뀌어 쌀이 소비되지 않는다고도 한다. 익은 벼처럼 조금씩 고개를 숙여보자. 괴산.

늘 부족해서 애달팠던 주식, 쌀

논에서 수확한 벼를 도정해서 밥을 지을 수 있는 상태로 만든 것을 쌀이라고 한다. 쌀은 벼에서 껍질을 벗겨낸 알맹이 혹은 벼과에 속한 곡식의 껍질을 벗긴 알을 통틀어 이르는 말이다. 쌀의 종류에는 흰 쌀 외에도 노란색 쌀, 회색 쌀이 있다. 회색 쌀은 보리 껍질을 벗긴 보리쌀이고 노란색 쌀은 조 껍질을 벗긴 좁쌀이다. 보리쌀과 좁쌀은 '쌀' 자가 붙어 있긴 하지만 벼의 쌀과는 엄연히 다르다. 오늘날 쌀이라고 하면 일반적으로 벼를 도정한 것을 의미한다.

쌀은 보리, 밀과 더불어 우리 인류에게 중요한 농산물로, 세계 인구의 절반이 주식으로 삼고 있다. 세계 총생산량의 약 90퍼센트 이상은 아시아에서 생산되며, 대부분 아시아 사람들이 먹고 있지만 밀과 육류를 주식으로 삼는 미국이나 유럽에서도 쌀의 영양가치에 눈떠 쌀을 먹는 인구가 점점 늘어나고 있는 추세다.

우리나라는 삼국 시대 이전부터 쌀을 주식으로 삼았는데 통일신라 시대부터 쌀 생산량이 늘어나면서 보편화되었다. 쌀이 식생활의 중심에 자리 잡기 이전에는 보리, 밀, 조, 기장과 같은 잡곡이 주식이었지만 쌀 생산량이 점차 늘어나면서 쌀밥 문화가 정착하게 된 것이다.

그러나 오랜 세월 동안 서민들은 여전히 쌀밥을 입에 넣기가 쉽지 않았다. 쌀은 5~6세기경까지 귀족들만 먹는 곡식이었고 일반 백성들은 기장과 같은 잡곡을 먹었다.

고려 시대에는 쌀이 물가의 기준이 되었고, 더 나아가 화폐 구실을 했다. 쌀을 팔아 생활필수품을 사거나 다른 음식으로 바꾸어 먹었으며 모든 물가는 쌀을 기준으로 정해졌다. 소작료와 품삯도 쌀로 주는 경우가 대부분이었으니 쌀이 우리 생활에 얼마나 밀접했는지 알 수 있다.

조선 시대는 쌀 생산량이 더욱 늘어나 대표적인 곡물로 자리를 굳혔다. 논의 면적이 지속적으로 늘어났기 때문이다. 하지만 쌀 생산량이 늘어났어도 하루 세 끼 쌀밥을 마음 놓고 먹을 수 있는 사람들은 그리 많지 않았다. 통일벼가 나오기 전까지 보릿고개를 넘기는 것이 연례행사였듯이 쌀은 늘 부족해서 애달팠던 식량이었다.

고개를 숙이고 이 한 그릇의 밥에 대해 생각합니다. 밥 때문에 굶어 죽고 맞아 죽고 떠돌이가 되었던 우리의 조상들을 생각합니다. 삼가 흠향하소서.

남아돌던 것이 종내 모자라게 되는 세상 이치

우리 민족은 쌀로 밥 이외에도 떡과 술 등을 해 먹었다. 명절이나 제사 때는 쌀로 떡을 만들었고 막걸리를 빚는 데도 사용했다. 막걸리는 옛날부터 쌀로 빚었으나 식량 부족을 이유로 정부가 1960년대에 쌀 막걸리 제조를 법으로 금지했다. 이후 식량 사정이 좀 나아지면서 규제가 완화되기는 했지만 100퍼센트 쌀 막걸리가 다시 선보인 것은 90년대 초 서울 탁주협회가 '장수 막걸리'를 내놓으면서부터였다. 밀로 빚은 막걸리는 신맛이 나지만 쌀 막걸리는 뒤끝이 깔끔해서 애주가들의 사랑을 받았다.

통계청의 '가구 부문 일 인당 쌀 소비량' 조사 결과에 따르면 2007년의 1인당 연간 쌀 소비량은 76.9킬로그램이다. 이는 전년도의 78.8킬로그램에 비해서는 1.9킬로그램, 10년 전인 1997년의 102.4킬로그램에 비해서는 무려 25.5킬로그램(25퍼센트) 감소한 수치로, 우리 국민 한 사람이 하루 평균 210.9그램 즉, 두 공기를 겨우 먹는다는 계산이 나온다. 식단이 서구화되고 먹을거리가 다양해지면서 쌀 소비량은 앞으로도 계속 감소할 것으로 보인다.

'하얀 이팝'을 둘러싼 온갖 애사가 눈물샘을 자극하던 것이 그리 먼 이야기가 아니건만 이제는 쌀이 남아돌아서 걱정이다. 쌀라면, 쌀국수, 쌀과자, 쌀음료 등 새로운 쌀 제품이 속속 등장하는 가운데서도 쌀은 남아돈다.

이처럼 쌀 소비가 줄어들고 있다 해도 쌀이 우리 식문화의 중심에 자리 잡고 있는 한 안정적인 공급을 위한 세심한 정책적 대응은 필수적이다. 생산비용의 비교우위만을 따지는 근시안적이고 얕은 논리로 민족문화의 근간을 흔들리게 할 수는 없기 때문이다.

✹ 보리

봄이 되면 지난가을에 수확한 곡식이 바닥을 보이기 시작하던 긴긴 시절이 있었다. 농민들은 들판에서 바람에 물결치는 청보리를 바라보며 보리 낟알이 여물기를 목 빠지게 기다렸다. 그 시절 보릿고개의 정점은 풋보리가 익어가는 오월이었다(보릿고개는 지난해에 수확한 곡식이 겨울을 나면서 다 떨어지고, 보리 수확은 때가 아직 일러 배를 곯던 봄철 한때를 일컫는다). 이 시기가 되면 밥때마다 집집에서 쌀독 바닥을 긁는 소리가

아스팔트 바닥은 나락을 말리기에 그만이다. 그런데 한꺼번에 여럿이 말리다 보니 차도까지 침범하기 일쑤다. 매우 위험하지만 마른 벼의 수매가가 조금 더 높기 때문에 위험을 감수한다. 남원.

요란했다.

논은 많았어도 쌀 생산량은 턱없이 부족했고 농민들은 쌀농사를 지으면서도 쌀밥 구경을 할 수 없었던 때가 더 많았다. 그래서 주식이 보리가 되었던 한 많은 농민들. 하지만 굶주린 배에 먹을 것이면 무엇이든지 채워야 했던 시절에 그나마 보리밥이라도 배불리 먹을 수 있으면 큰 행복이었다. 온 집안 식구가 꽁보리밥에 열무김치와 된장찌개로 밥을 비벼 먹고, 냉수 한 잔 마시고 배 두드리던 시절은 그러나 벌써 한 세대를 훌쩍 뛰어넘었고, 배고픈 아이들이 설익은 낟알을 훑어 먹던 보리 서리는 옛이야기가 된 지 오래다.

비둘기 편으로 보리 종자를 보내다

보리는 인류 역사에서 밀과 함께 가장 먼저 재배된 작물 중 하나로, 인류에게 밀 다음가는 중요한 식량이었다.

티베트가 원산지로 알려져 있는 보리는 7천~1만 년 전에 재배되기 시작한 것으로 추측하고 있다. 중국에서는 약 4,000년 전에 보리가 재배되었고 우리나라도 중국에서 전파된 것으로 알려져 있으나 그 시기는 정확하지 않다. 다만 여러 가지 근거로 약 3,000년 전부터 한반도에서도 보리가 재배된 것으로 추정하고 있다.

우리의 옛 문헌에도 보리에 관한 몇 가지 기록이 나오는데 그 내용은 삼국 시대까지 거슬러 올라간다. 일연의《삼국유사》중 이규보의 5언 한시 동명왕편(東明王篇)에 보리에 관한 이야기가 나온다.

보리밭이 많던 시절, 악동들은 보리 꼬투리를 따 몰래 등에다 집어넣곤 했다. 보리는 옷을 다 벗지 않으면 도저히 꺼낼 수가 없다. 여학생들은 끝내 울음을 터뜨리기도 했다. 하동.

雙鳩含麥飛 쌍구함맥비

來作神母使 래작신모사

한 쌍의 비둘기가 보리를 물고 날아올라

신모의 사자가 되어 왔다

　설명을 하면 이렇다. 주몽이 동부여 금와왕(金蛙王)의 왕자들에게 박해를 받고 세 친구와 나라를 세우기 위해 남쪽으로 길을 떠났다. 길을 떠나는 주몽에게 어머니 유화부인이 오곡 종자를 주었는데, 주몽이 보리 종자를 빠뜨리고 왔다. 그래서 유화부인이 비둘기 목구멍에 보리 종자를 넣어 보냈다는 내용이다. 그 시대에 보리가 중요한 곡물이었음을 짐작케 하는 대목이다.

　김부식의《삼국사기》에도 보리에 관한 내용이 많이 나온다.

　三年, 春三月, 雨雹, 麥苗傷 삼년, 춘삼월, 우박, 맥묘상

　신라 지마(祇摩)이사금 재위 3년 3월 봄에 우박이 내려 보리의 싹이 상했다고 전한다.

　《삼국사기》에는 우박으로 인한 농사 피해가 유달리 많이 나오는데 달걀 크기의 우박이 내려 날아가던 새가 떨어졌으며 보리, 콩, 볏모, 초목, 뽕 등이 피해를 입었다고 적혀 있다. 오늘날에도 경북 북부 지방에 우박이 자주 내려 농작물 피해를 보고 있는데 삼국 시대의 기록들 역시 주로 우박에 의한 보리농사 피해를 이야기하고 있어 그 시대에 보리농사가 일반적으로 행해졌고, 보리가 중요한 곡식이었음을 알 수 있다.

겨울 논에 보리가 자란다. 눈이 오면 눈에 덮여서, 땅이 얼면 뿌리가 언 채, 겨울을 견딘다. 그 지난한 견딤은 보릿고개를 넘던 우리 조상들의 견딤이기도 했다. 하동.

성질은 온화하고, 맛은 짜다

봄이 오면 꽃이 피고 새가 노래한다. 종다리는 보리밭에서 종일 지저귀고, 보리를 심은 논두렁을 따라 쑥, 씀바귀가 봄 햇살을 받으며 자란다. 긴긴 겨울을 얼어붙은 땅속에서 견뎌낸 보리 싹은 봄기운에 녹아내린 흙을 뚫고 하나 둘 모습을 보인다. 봄비라도 촉촉하게 내리면 보리 싹은 눈에 띄게 올라온다.

보리는 심는 시기에 따라서 가을보리와 봄보리로 구분한다. 보리 수확

배고픔과 서민의 음식이었던 보리는 이제 건강식으로 대접받는다. 보리밥 전문이라는 간판을 단 식당도 드물지 않게 눈에 띈다. 먹고 돌아서면 배가 꺼진다는 보리밥을 일부러 찾아서 먹는다. 청산도.

기는 초여름이지만 파종 시기는 보리 종류에 따라 다르다.

가을보리는 가을에 벼를 추수하고 난 다음, 논에 씨를 뿌려 이듬해 초여름에 수확한다. 보통 추맥이라고 하며 줄여서 갈보리라고도 한다. 가을보리를 봄에 뿌리면 싹이 트지 않기 때문에 봄에 뿌릴 경우에는 씨를 추운 곳에 얼마간 보관했다가 뿌려야 제대로 싹이 튼다고 한다.

《본초강목》에 봄에 심은 보리는 기가 약하고 힘이 없어 가을에 심은 것이 좋다고 했다. 그래서 우리나라는 가을보리를 많이 심는다. 가을보리가 봄보리보다 수확량이 배 가까이 나오는 것도 가을보리를 선호하는 이유 중 하나다. 봄보리는 이른 봄에 씨를 뿌려 첫여름에 거둬들이는 보리를 말한다. 보통 춘분 무렵에 씨를 뿌려서 소서(小暑)에 수확한다.

또 쌀보리(대맥, 낟알이 밀보다 조금 크다)와 겉보리(쾡맥, 껍질이 거칠다)는 껍질이 알맹이에 붙었는지, 떨어졌는지로 그 종류를 구분한다. 청과맥이라고도 불리는 쌀보리는 껍질과 알이 붙어 있지 않고 떨어져 있는데, 청과맥 중 색이 누런 것은 다시 황과맥으로 구분한다. 쌀보리는 겉보리보다 겨울 추위에 약해서 남부 지방에서 많이 재배되고 겉보리는 경북 지방에서 많이 재배되었다. 눈으로 봐도 쌀보리는 좀 통통하고, 겉보리는 그보다 납작하다.

보리는 그 본래 성질이 온화하고 맛은 짜다. 독은 없고, 기에 이롭고, 설사를 그치게 하고, 허한 것을 돕는다. 오래 먹으면 몸에 살이 붙고 건강해지며 윤기가 흐른다고 했다. 특히 겉보리는 성질이 조금 차고, 맛이 달고 무독하여 열을 제거한다. 오래 복용하면 병이 생기지 않고 힘이 많이 생긴다 했다. 하지만 '겉보리 서 말만 있어도 처가살이 안 한다'라는 속담에서도 알 수 있듯이 겉보리는 그것이 품고 있는 이로운 성질에도 불구하

보리는 겨울의 추운 기운을 받고 자란 곡식이라 특히 여름철에 좋은 양식이다. 여름의 더운 기운을 받은 쌀이 겨울의 양식이 되는 것과 마찬가지다. 음식과 몸은 정연한 우주의 질서 속에 있다. 하동.

고 먹을거리로는 그다지 높은 대접을 받지 못했다고 하겠다.

보리밥 먹고 방귀깨나 뀌는 집안

보리로 밥을 하려면 일단 소래기(운두가 조금 높고 굽이 없는 접시 모양의 넓은 질그릇)에 보리를 넣고 손바닥으로 거칠게 문질러야 한다. 겉보리든 쌀보리든 마찬가지다. 그렇게 하지 않으면 보리 껍질이 제대로 벗겨지지 않아 밥맛이 좋지 않고 풋내가 난다.

보리밥을 지으려면 쌀로 밥을 할 때보다 물을 많이 붓는데, 아궁이에 가마솥을 걸어놓고 불을 지피던 시절에는 보리를 여러 번 삶아야 보리밥이 제대로 되었다. 아궁이에 장작불을 지피면 물과 함께 보리가 끓어오르는데 아무리 끓여도 보리가 쌀처럼 퍼지지는 않기 때문에 한 번 끓인 보리를 소쿠리에 담아놓고 끼니때마다 필요한 만큼 덜어서 쌀과 함께 다시 밥을 지었다. 쌀이 없으면 감자나 고구마를 넣었다. 보리로만 밥을 지으면 까칠까칠해서 잘 넘어가지 않을 뿐더러 맛도 없기 때문이다. 밥 위에 올려 함께 찐 감자를 으깨서 보리밥과 함께 먹으면 목구멍으로 넘어가는 것이 훨씬 부드럽다.

그런데 이 보리밥은 먹고 뒤돌아서면 배가 꺼진다고 했다. 그만큼 소화가 잘되기 때문인데 이 보리밥을 먹고 뀐 방귀 냄새가 여간 고약하지 않다. 하지만 끼니 걱정에서 놓여날 틈이 없던 시절, 보리밥이라도 밥상에 올라오는 집안은 그래도 먹고살 만한 집안이었다. '보리밥 먹고 방귀깨나 뀌는 집안'이라는 표현에서 짐작할 수 있듯이 보리밥이라도 배 터지게 먹고 소리 요란한 방귀 한 번 뀌어보는 것이 우리네 서민들의 소박한 소원이었던 것이다.

이처럼 서민의 주식이었던 보리밥이 오늘날에는 건강식으로 인기를 얻고 있다. 개중에서도 된장찌개와 함께 싱싱한 열무를 쫑쫑 썰어넣어 비벼 먹는 보리밥은 여름철 떨어진 식욕을 되살리는 별미로 대접받는다. 삶의 여유와 건강에 대한 관심이 사람들을 가난의 상징이었던 보리밥 앞으로 다시 불러들이고 있는 셈이다.

열무김치에 고추장으로 비빈 보리밥 한 그릇으로는 너무도 긴 여름날, 잠자리에 들면 허기가 지고, 그러면 햅쌀로 송편을 빚는
추석을 그리곤 했다. 긴긴 해는 겨우 백중 무렵인데.

밀

19번 국도를 타고 남원에서 구례로 향하다 보면 왼쪽에 커다란 호수가 나타난다. 구례군 산동면에 있는 구만저수지인데 저수지를 끼고 작은 길로 접어들면 누렇게 잘 익은 밀밭 풍경을 만날 수 있다. 우리 밀을 살리기 위해 조성해놓은 우리 밀 재배지다. 5월의 밀밭 너머로 저수지가 시원하게 펼쳐져 있고, 감나무의 감은 벌써 초록색 살이 통통하게 올라 있다. 밀은 누렇게 익어 낟알이 금방이라도 땅으로 굴러 떨어질 듯, 수확이 머지않았음을 알린다.

밀밭은 봄 들녘을 황금색으로 물들여 지나는 이의 마음을 넉넉하게 만든다. 줄기와 낟알이 모두 황금빛을 띠니 그 모습이 풍요롭기 그지없다.

보리와 함께 가장 먼저 재배된 작물

밀은 인류가 농경을 시작한 이래로 가장 먼저 재배한 작물 가운데 하나다. 아프가니스탄과 아르메니아 지방에서 처음 재배되기 시작한 밀은 석기 시대에 유럽과 중국에 널리 퍼지면서 보리와 함께 고대 문명 발상의 원동력이 되었다.

우리나라를 비롯한 동북아시아 국가들과 동남아시아에서는 쌀이 주식이고 밀은 부식이지만 미국과 유럽 등 서구에서는 밀이 주식이다. 이들 지역의 기후나 토양이 벼보다는 밀을 재배하기에 좋은 조건을 갖추고 있기 때문이다. 오늘날 밀은 재배 면적과 생산량 모두에서 세계 1위를 차지하고 있는 작물이다.

쌀은 밀에 의해 주식의 자리를 위협받는 지경이지만, 정작 우리나라에서 밀은 사라졌다. 겨우 명맥만 유지할 뿐, 우리가 먹는 밀가루는 모두 수입한 것이다. 해방 후, 미국의 무상원조가 그 시작이었다. 구례.

밀밭이 있었다. 남의 눈이 두려운 남녀가 슬며시 길가의 밀밭으로 들어간다. 키를 넘는 밀대가 그들을 가려준다. 밀밭 깊은 곳, 쓰러진 밀대는 방석이 되고 보료가 된다. 누가 누구와 밀밭으로 들어갔대요……. 밀밭의 에로티시즘이다. 구례.

보리를 대맥, 밀을 소맥(小麥)이라고 부르는 데서 알 수 있듯이 얼핏 보기에 보리와 비슷한 밀은 물이 부족한 지역에서도 잘 자라며, 심지어는 모래땅과 같은 척박한 토양에서도 잘 자란다. 산성 토양에서도 보리보다 적응력이 뛰어나다. 보리처럼 가을에 씨를 뿌려 이듬해 여름이 오기 전에 수확하는데, 보리보다 일찍 씨를 뿌려야 하고 수확은 보름 정도 늦게 한다.

한반도의 밀 재배는 기원전 2~3세기로, 벼 재배보다 늦은 것으로 추정되고 있다. 쌀이 등장하기 전부터 보리와 더불어 중요한 식량이 되어온 밀은 쌀을 주식으로 하는 민족에게는 그 순위가 처지지만 서구화되는 식문

화의 영향으로 소비량이 늘어나고 있다.

녹색혁명의 기원이 된 우리 토종 밀의 유전자

밀은 예로부터 우리나라에서 보리 다음으로 많이 재배하던 작물이었는데, 해방 이후 밀가루가 수입되면서 점차 재배 면적이 줄어든 끝에 이제는 거의 재배하지 않고 있다. 특히 1984년 정부의 밀 수매 중단 조치는 밀 재배 농가의 전멸로 이어졌다. 최근 들어 우리 밀 보급 운동으로 밀 재배가 되살아나고 있지만 아직 재배량은 미미하다.

한반도에서 옛날부터 재배해온 토종 밀은 앉은뱅이 밀이라고 불리는 종자다. 키가 작아서 '앉은뱅이' 밀인데, 태풍과 같은 자연재해에 잘 견뎠다. 지금은 거의 볼 수 없게 되었지만 이 토종 밀이 임진왜란 때 일본으로 건너가서 종자가 개량되어 다시 우리 땅으로 들어왔다고 한다.《우리가 지켜야 할 우리종자》를 쓴 안완식 박사에 의하면 앉은뱅이 밀은 세계 녹색혁명의 기원이 되었다고 한다. 앉은뱅이 밀의 유전자가 일본을 거쳐 전 세계로 퍼져 나가 세계적으로 우수한 밀의 조상이 되었다는 것이다. 세계적인 녹색혁명을 가능케 했던 밀의 유전자가 우리 토종 밀에서 나왔다니 놀랍지 않은가.

흑빵을 만드는 재료로 잘 알려진 호밀은 사람 키를 넘어설 정도로 자란다. 원래는 원산지 밀밭에서 잡초로 자라던 것인데 이후 작물로 재배되었으며, 유럽에서는 청동기 시대부터 재배된 것으로 추측하고 있다.

호밀은 자운영처럼 대개 자연비료로 사용하기 위해서 재배한다. 추운 기후에서 잘 자라고 물이 없는 건조한 모래땅이나 메마른 땅에서도 잘 자라는데, 우리나라에서는 남부 지방에서 간혹 심는다.

우리 조상들은 호밀을 밀로 쳐주지 않았다. 땅심을 키우거나 사료로 쓰기 위해 심던 것이어서 귀한 대접을 받을 리 없었지만 모래땅처럼 척박한 땅밖에 가진 게 없는 농민들은 어쩔 수 없이 호밀을 심고 정 배가 고프면 개떡을 해 먹었다. 하지만 호밀의 대는 원두막을 지을 때 지붕이나 문을 만드는 데 사용했으니 쓰임새는 너른 편이었다.

수제비나 부침개, 개떡이 되어 허기를 달래주던 밀가루가 지금은 갖가지 음식으로 입맛을 당긴다. 수많은 종류의 빵과 피자, 면류와 과자 등 밀가루의 수요는 점점 늘어가는데 우리 땅에선 이제 나지 않는다.

'진가루' 라 부르며 귀히 여겼던 밀가루

요즘은 밀로 만든 음식이 지천이지만 예전에는 서민 음식이 아니었다고 한다. 서울 양반가에서나 평소 밀로 만든 칼국수나 수제비를 즐겼을 뿐, 서민들에게 밀국수는 결혼식이나 큰 잔치를 치를 때만 맛볼 수 있었던 귀한 음식이었다.

조선 시대까지만 해도 일반 서민들은 밀가루를 '진가루' 라고 부르며 귀히 여겼고, 국수와 만두처럼 오늘날 밀가루로 만드는 음식은 메밀가루나 녹두가루로 만들어 먹었다고 한다. 17세기 중엽에 쓰여진 최고(最古)의 조리서인《음식디미방》에는 양념을 만들 때 밀가루를 조금씩 넣었다는 기록이 나온다. 이렇게 밀가루가 귀했던 이유는 가을 작물로 단위당 생산량도 떨어지고 재배 기간도 길어 농민들이 밀보다는 보리를 선호하여 밀 생산량이 매우 적었기 때문이다.

밀가루 음식이 서민 음식으로 자리 잡은 것은 해방 이후의 일이다. 미국에서 식량 원조품이 쏟아져 들어오면서 밀가루가 흔해졌다. 배고픔과 가난이 일상적이었던 그 시절 미국에서 들어온 원조 밀가루로 부침개, 수제비, 국수 등의 음식을 해 먹었다.

지금은 찾아보기 어렵지만 밀개떡과 밀빵, 밀기울떡 등이 그 시절 서민들의 배를 채워주었던 밀가루 음식이었다. 개떡은 밀가루나 보릿가루 등을 반죽하여 밥 위에 쪄서 만든 떡을 말하는데, 물에 갠 떡이라 해서 개떡이라고 했다는 말도 있고, 가짜 떡이라 해서 가떡이라 부르던 것이 개떡으로 바뀌었다는 말도 있다.

밀개떡은 밀가루에 사카린과 물을 넣고 반죽해서 밥 위에다 보자기를 깔고 쪄서 만들었다. 적은 양을 할 때는 뜸을 들일 때 호박잎을 밥 위에 깔고 한두 개씩 쪄 먹었다. 밀빵은 베이킹파우더가 나오기 전에는 소다를 넣고 만들던 것인데 막걸리를 넣고 만들기도 해서 밀술빵이라고 불리기도 했다. 호밀로도 밀빵을 만들어 먹었다고 하니 배고픔의 지난함이 자존심을 이기지는 못했나 보다.

밀은 산소를 배출하고 이산화탄소를 빨아들이는 대기 정화작용이 나무보다 뛰어난 작물이다. 임업연구소의 자료에 따르면 100평의 논에 밀을 심으면 약 260킬로그램의 산소를 발생시키고, 약 300킬로그램의 이산화탄소를 흡수한다고 한다.

또한 밀은 토양의 유실을 방지하고 지하수를 보호하며 산성화된 땅을 중성화하는 데도 효과가 있다. 산성비가 내려도 밀을 심은 땅은 비를 걸러서 스며들게 하기 때문이다. 게다가 우리 밀은 보리보다 뿌리가 깊게 뻗어서 땅 속의 미생물 활동을 도와 땅심을 좋게 하는 효과도 뛰어나다.

1980년대 전반에 수입량 200만 톤을 넘긴 후 갈수록 밀의 수입 규모가 늘어나고 있어 우리의 밀 자급률은 1퍼센트도 채 되지 않는다. 값싼 수입 밀에 밀려 이제 밀농사를 지으려는 사람은 찾아보기 힘들다. 다행히 1989년부터 시작된 우리 밀 살리기 운동으로 우리 밀 재배 면적이 조금씩 늘어나고 있지만 아직도 턱없이 적다.

겨울에 농지를 놀리는 대신 밀을 재배하는 것이 농민들에게 더 이상 경제적 도움을 주지 못한다 해도 환경에는 도움이 된다. 게다가 수입농산물의 안전성에 대해 말이 많은 요즘 우리 밀을 지키고 기르는 것은 더욱 중요한 일이 되었다.

논에 벼를 심든 밀을 심든 논이라는 공간이 우리에게 주는 공익적인 효과는 반드시 있다. 따라서 논에 무엇을 심을 것인지도 중요하지만 그 공간을 어떻게 지켜나갈 것인지가 더 중요한 시점이 되었다고 하겠다.

✿ 자운영

봄이 되면 온 논을 붉게 물들여 봄 들녘을 거대한 꽃밭으로 만드는 풀꽃이 있다. 군락을 지어 화려하게 피어나서 봄을 맞이하는 사람들에게 설

거인과도 같은 산의 발치에 자잘한 꽃들이 피었다. 작은 꽃이라도 이름은 맵짜다. 자운영. 버리고 떠난 임에 대한 앙칼진 서슬과, 세월이 흘러 그 서슬조차 스스로 갈무리하는 여인의 이름 같다. 첩첩 산 깊은 골짝에 어찌 꽃다운 사연 없으랴. 하동.

자운영도 당당한 논의 주인이다. 뿌리는 땅속까지 양분을 스미게 하고 줄기와 잎과 꽃은 퇴비가 된다. 자운영이 쓰러져 썩은 논 위에서 벼가 자라고, 꽃향기는 사람의 밥상까지 오른다. 구례.

램을 주는 꽃, 바로 자운영이다.

봄 들녘을 자줏빛으로 물들이는 거대한 꽃밭

자운영은 봄날 우리나라 남부 지방의 논에서 무리를 지어 꽃을 피우는 대표적인 풀이다. 동네 앞 논이나 논두렁에 지천으로 피어 토끼풀 과 더불어 꽃반지를 만드는 재료로 사랑받았던 자운영은 어린 시절의 추 억이 담긴 풀꽃이다.

추위에 약해 중부 지방에서는 겨울을 나지 못하는 탓에 자운영은 대부분 남쪽 지방에서 재배된다. 넓은 평야에 끝없이 펼쳐진 자운영은 저절로 피어난 것이 아니라 일부러 심은 것이지만 논두렁이나 밭에서 자생적으로 자라기도 한다. 가을에 씨를 뿌리면 겨울에 싹이 터서 이듬해 봄에 꽃이 피는데 키는 20센티미터 내외로 자란다. 꽃은 3월부터 5월까지 피고 자줏빛을 띠며 열매는 6월에 열린다.

자운영은 식용을 목적으로 재배하는 풀이 아니다. 겨울 동안 보리나 밀을 심지 않는 논에서 자연비료로 사용하기 위해 재배한다. 가을에 자운영 씨를 심어서 잘 키운 다음 봄이 되면 자운영을 베고 쟁기로 논을 갈아엎어 퇴비로 이용하는 것이다. 논에 자운영을 심으면 이를 통해서 공중 질소가 땅에 전달된다. 또 땅과 함께 갈아엎으면 비료가 되어 흙 속의 유기물 함량을 높이고 미생물의 활동을 원활하게 해서 땅을 기름지게 만든다.

자운영은 양봉용으로 재배하기도 하는데, 이런 식물을 밀원(蜜源)식물 즉, 꿀을 따기 위해 꿀벌이 찾아드는 식물이라고 한다. 제주도의 유채, 강원도의 메밀 등이 대표적이며 아카시아나무, 밤나무, 칡 등도 밀원식물로 잘 알려져 있다. 자운영의 어린순은 나물로도 먹고 풀 전체는 해열이나 해독, 이뇨 등에 쓰인다고 한다.

최근에는 화학비료의 사용으로 재배 면적이 점점 줄어들어 자운영이 봄날 들녘을 붉게 물들이는 장관은 보기 어려운 풍경이 되어가고 있다.

✻ 미나리

야생에서 미나리는 주로 습지에서 자란다. 계곡 주변이나 물이 있는 연못, 개울 등이 주 서식처로, 물이 있는 곳이면 흔하게 볼 수 있는 식물이었다. 이렇게 야생에서 자라던 미나리를 인간이 재배하게 되면서 논이 미나리의 주 서식처로 새롭게 등장하게 되었다.

미나리를 심어놓은 논을 미나리꽝이라고 부르는데 '꽝'은 물이 괸 웅덩이 같은 곳을 뜻한다. 우리나라에서는 주로 겨울에 하우스에서 많이 재배하며 간혹 얼음 밑에서 재배하기도 한다. 논에서 재배하는 것은 8~9월에 심어서 10월부터 이듬해 3월까지 수확하며, 밭에서 재배하는 것은 9월에서 10월 중순 사이에 심어서 12월부터 이듬해 3월까지 수확한다. 늦가을 찬바람이 불고 날씨가 쌀쌀해지기 시작하는 11월 말부터 이듬해 3월까지가 주 수확철이다.

얼음물을 견뎌야 제 향을 낸다

미나리는 밭에서도 재배하는데 이 경우는 미나리가 질겨져서 그리 선호하지 않는 편이다. 미나리는 논에 물을 가두어 재배하기 때문에 품질을 결정짓는 것은 물이다. 물 조절을 해서 논과 밭의 상태를 번갈아 만들어주면서 재배해야 미나리가 질기지 않고 향도 좋다고 한다. 오늘날 재배하는 미나리는 종자를 개량한 것으로, 연하고 줄기도 길어 상품성이 높지만 향은 덜하다.

미나리의 종류는 크게 멧미나리와 돌미나리로 나뉜다. 멧미나리는 계곡에 물이 많은 곳이나 나무가 많이 우거진 습한 곳, 산골짜기의 물가나 산기슭에서 많이 자라는데, 줄기는 1미터가량 되고 억세다. 늦여름에 흰 꽃이 피고, 어린순은 나물을 해 먹는다. 뿌리에도 향이 있을 정도로 향이 깊은 멧미나리는 미나리를 즐기는 사람들이 선호한다. 멧미나리와 비슷하

벼농사로 수지를 맞출 수 없으면 논을 메워 밭을 만들거나 과수나무를 심기도 한다. 들판 중간에 돌연 배나무가 자라는 풍경은
생경하기만 하다. 논의 특성을 이용한 미나리 재배는 보기에도 싱그럽다. 청도.

게 생긴 돌미나리는 향이 없고 나쁜 냄새가 나서 멧미나리와 구분된다. 돌미나리는 논이나 개울가 같은 데서 절로 나는 미나리를 말한다.

봄을 상징하는 채소로, 대표적인 향채 중 하나인 미나리는 향이 깊고 줄기를 씹었을 때 사각사각 씹혀야 상품으로 치는데, 날씨가 추워져 얼음 밑에서 자라야 제 맛과 향을 낸다고 한다. 미나리는 대개 삶거나 데쳐서 나물로 만들어 술안주나 반찬으로 먹으며 김치의 중요한 양념으로도 쓰인다. 또 물을 정화하고 중금속을 해독하는 기능을 가지고 있어 하수처리장 같은 곳에 심어 수질을 정화하는 데 이용하기도 한다.

✖ 콩

인간이 재배하는 모든 작물들이 그렇듯 콩도 야생에서 자라던 것을 인간이 재배하기 시작하면서 오늘날과 같은 콩이 되었다. 중국 동북부 지역이 원산지로, 한반도에서는 삼국 시대 초기부터 재배되었다고 전한다.

콩은 꽃이 피는 시기에 따라 꽃이 빨리 피는 것을 여름 콩, 늦게 피는 것을 가을 콩이라 하고 그 중간에 피는 것을 중간 콩이라 한다. 여름 콩은 평야 지대에 많이 심는데 봄에 심어 늦여름에서 초가을에 걸쳐 수확하고, 중간 콩은 산간 지대에서 늦은 봄에 파종하여 가을에 수확한다. 가을 콩은 중부나 남부 지방 평야 지대에서 여름에 파종하여 늦가을에 수확한다.

논두렁 콩은 소작료가 없다

콩은 밭에서 재배하는 대표적인 작물이지만 지방에 따라 논두렁에 재배하는 곳도 많다. 논두렁에 콩을 심게 된 이유는 콩 심는 때와 벼

콩이 몸에 좋다더니, 몇 해 전부턴 콩값이 쌀의 두 배, 세 배까지 올랐다. 다른 건 몰라도 콩은 국산을 찾는 수요가 많다. 논두렁에 심은 콩으로 얼마나 수확이 나랴. 그래도 비워두지 못하는 것이 농민이다. 강릉.

가 자라는 시기가 같기 때문이다. 또 한 가지 큰 이유는 남의 땅을 소작할 경우, 벼는 지주에게 소작료를 지불해야 하지만 논두렁에 심은 콩이나 깨 등은 그렇게 하지 않아도 되었기 때문이다. 자기 밭을 넉넉하게 가지고 있는 농민이야 밭에 콩을 심으면 그만이지만 남의 땅을 빌려 농사짓는 농민은 작은 땅이라도 그냥 놀릴 여유가 없다. 그래서 좁은 논두렁을 따라 콩이 길게 늘어서는 풍경을 만들어낸 것이다. 그리고 논두렁에 콩을 심으면 잡초도 덜 생기므로 일석이조의 효과를 얻을 수 있다.

식량이 절대적으로 부족했던 시절에는 정부가 나서서 논두렁에 콩을

콩은 거름을 하지 않는 작물이고 제일 손이 덜 가긴 해도 씨를 뿌리면 비둘기가 먹고 좀 자라서는 토끼나 고라니의 먹이가 되는
수가 많다. 산을 끼고 있는 논에선 고라니가 뛰어다니는 풍경이 낯설지 않다. 강릉.

심으라고 독려하기도 했다. 특히 논농사가 많은 지역은 밭이 절대적으로 부족하기 때문에 논두렁에 콩을 심어 자급할 콩을 생산해야 했다.

요즘은 논두렁이 아니라 논에 콩을 심는 경우가 많은데 쌀이 과잉생산되어 쌀 대신 콩 재배를 장려하기 때문이다. 실제로 벼보다 콩을 심는 것이 더 높은 소득을 올릴 수 있다고 한다.

쌀과 콩의 이모작과 논두렁에 심는 콩은 토지를 효율적으로 이용하여 많은 식량을 생산할 수 있는 방편이 되었다. 농사를 짓는 사람들의 지혜가 고스란히 담겨 있는 것이라 하겠다.

사람이 사는 곳에 집이 있고 들이 있다. 들이 있는 곳에 사람이 있고 집이 있다. 아니, 집이 있는 곳에 사람이 있고 들이 있다.
아, 부질없다. 저 산과 산 너머 바다가 그렇듯 다만 있을 곳에 있는 것이리, 남해 가천마을.

논과 마을
　그리고
땅의 사람들

새 풀이 자라면 외양간의 소들이 코를 벌름인다. 꼴 한 지게를 종그려 내려오는 고샅. 꼴을 먹어야 힘이 오르고 힘이 올라야 사래 긴 비탈밭 어기영차, 쟁기를 끌지. 남해 가천마을.

쟁기질하던 소가 바다로 떨어진다 | **남해 가천마을**

'봄새 갈러 간다.' 콩 심으러 가는 것을 두고 남해에서 쓰는 말이다. 이른 콩을 심는 것은 '올봄새 갈러 간다'고 한다. 늦가을에 보리보다 좀 늦게 완두콩을 심는 것을 이른다. 또 보리나 마늘을 캐내고 콩을 심는 것을 '끌 갈러 간다'고 한다. 행동거지가 답답한 사람에게 '오뉴월 끌 가는 소리 한다'고 하는 것은 여름에 더워서 짜증나는데 쓸데없는 소리를 할 때 핀잔 주는 말이다.

"이랴 이랴. 살살 가자."

아직도 바닷바람이 차가운 4월, 이영태 할아버지는 남해 읍장에서 사와 키웠다는 어린 소를 데리고 밭을 갈고 있었다. 늦은 콩을 심기 위해서다. 비탈진 산에 있는 땅은 물을 대기 힘들어 밭으로 쓰고 있다. 바다에서 불어오는 봄바람을 맞으며 흥겹게 콩밭을 갈고 있지만, 어린 소를 부리면서 경사진 밭을 가는 것은 쉬운 일이 아니다.

"자라 자라."

밭을 갈면서 소와 끊임없이 대화를 한다. 소리를 지르기도 하고 달래기도 하고 때로 줄을 세차게 당기기도 한다. 마치 사람과 소가 신경전을 벌이는 것 같다. '자라 자라'가 무슨 말인지 물으니 좌측으로 가라는 뜻이라 한다. 소가 그 말을 알아듣고 정말 왼쪽으로 가느냐고 물으니 웃으면서 그렇다고 한다. 신기해서 한참을 바라보았다. 소가 신기하기도 하고 소와 사람이 대화를 한다는 것이 더욱 신기하다.

"소가 잘 생겼어요."

바다를 끼고 있는 마을이라도 논은 있어야 한다. 끝없는 계단 같은 논들의 행렬에 숨이 막힌다. 그 옛날 논을 만든 사람들은 저 작은 논 한 배미로 삼시 세 끼 어죽이라도 끓였을까. 점점이 황토가 붉다. 남해 가천마을.

　　소 칭찬을 하니, 손님 눈치 보느라 소가 말을 잘 안 듣는단다. 할아버지
는 일손을 멈추고 자리에 앉는다. 그사이 소는 콩잎과 유채를 한 입에 넣
고 우물우물 씹어대다가 호된 야단을 맞는다. 그래도 막무가내다. 한두 달
후면 동네에 있는 논의 마늘을 걷어내고 논을 갈아야 하는 데, 이 소는 태
어나서 쟁기질이 올해 처음이라 부리기가 여간 힘든 것이 아니라고 푸념
이다. 논을 갈고, 써레질을 할 즈음에는 소도 일이 익어야 힘이 덜 드는 까
닭에 미리 콩밭에서 실습하는 셈이다.

　　"이곳은 예전에 밭벼를 심던 곳인데 비탈지고 물이 없어서 이젠 밭으로

쓰지. 대신 논은 물이 풍부한 마을 안쪽에 있어. 산에서 물이 흘러 내려오는 덕에 마을 주위로 물 대기가 쉬워서 논은 그쪽에 죄다 몰려 있어. 그곳에는 물나락을 주로 심지, 여기는 보리나락 심어."

"물나락, 보리나락이 뭔가요?"

"벼와 보리야. 여기서는 그렇게 불러."

나락이 벼의 방언이라는 것은 익히 알고 있었지만 물과 보리를 붙여 부르는 것은 처음 들어본다. 나락이 사투리라는 것을 알아들었으면 어림짐작으로 뜻을 알 수 있었을 것을 그냥 무심코 들어서 몰랐던 것이다.

처음 해보는 쟁기질. 소는 골을 따라 곧게 가야 하고 사람은 같은 깊이로 쟁기를 대주어야 한다. 그러나 생각처럼 쉬운 일이 아니다. 땅과 농민의 역사는 가히 쟁기질의 역사라고 할 수 있다. 힘들거나 나쁜 일에 얽혀들면 코를 꿰었다, 라고 한다. 코를 꿰인다는 것은 일소가 된다는 말이다. 남해 가천마을.

바다에서 쌀보리도 건져 올릴 수 있다면, 아득한 비탈밭 다랑논에 뼈마디가 붓지는 않았을 텐데. 신산한 세월을 지켜보았을 마을의 고목은 올해도 무심히 봄바람에 새잎을 내민다. 남해 가천마을.

남해군 남면 가천마을은 자동차를 타고 남해대교를 건너고 남해읍을 지나 30여 분 달리면 나오는 육지 끝에 붙어 있다. 가파른 절벽 안쪽에 집들이 촘촘히 앉아 있는 마을 풍경이 한눈에 들어온다. 몇 년 전부터 마을과 바다 그리고 다랑논이 어우러진 풍경이 아름답다고 소문이 나면서 외지 사람들의 발길이 잦아졌다. 가천마을은 바다를 끼고 있지만 고기잡이는 하지 않고 농사만 짓는 전형적인 농촌 마을이다. 마을 뒤로 뾰족한 산이 버티고 있고 마을 앞으로는 쪽빛 바다가 펼쳐져 있다. 집 아래위로는 작은 다랑논들이 바다를 향해 계단을 이루며 줄지어 있다.

　남해의 해안은 굴곡이 심해서 비탈이 가파르기 때문에 산자락을 타고 내려오는 논들이 많다. 논은 산 위에 다닥다닥 붙어서 급하게 바다로 향한다. 이런 독특한 풍경은 남해를 한 바퀴 둘러보는 내내 만날 수 있다. 가천 마을도 남해의 다른 마을처럼 산을 깎아서 만들어놓은 계단식 논이 수십 수백 층을 이루고 있다. 마치 거대한 계단을 만들어 하늘과 땅을 연결해놓은 듯하다. 멀리서 보면 단숨에 뛰어서 오르내릴 수 있을 것 같지만 이 계단 논의 높이는 100층을 훌쩍 뛰어넘는다. 계단논은 마을 뒤쪽 설흘산 자락에서 마을 앞바다까지 켜켜이 이어져 있는

데 한 층 높이가 보통 사람 키 정도 될 만큼 경사가 급하다. 그 끝은 앉아서 낚시를 해도 될 바닷가 논이다. 바닷가에 앉아서 층수를 세다가 결국 포기했다. 100층이 넘는다는 마을 사람들의 말을 믿을 수밖에.

논의 크기는 서너 평짜리에서 300평까지 다양하다. 자연히, 그 모양새도 삿갓 하나로 덮을 수 있다는 삿갓배미에서 부채꼴 모양, 둥근 모양 등 각양각색이다. 척박한 비탈에 한 뼘 한 뼘 늘려나갔으니 논배미의 모양이 마치 비대칭의 균형이 절묘한 조각보 같다.

가천마을에는 다랑논에서 소가 쟁기질하다 깜빡 졸면 바다로 떨어진다는 말이 있다. 경사가 급하고 논 한 배미가 작아서 하는 소리다. 소나 사람이 겨우 들어가서 쟁기질을 하니 그 규모가 대충 짐작이 간다. 그래서 이곳에서는 기계 대신 늘 소를 부려 농사를 짓는다. 또 이곳 논은 비탈진 곳에 돌을 쌓아 만든 것이라 논두렁도 약하고 땅도 단단하지 못하다. 오죽하면 무너질까 봐 논에 큰 소도 들이지 못한다고 할까. 소가 뒷발길질을 잘못하면 논두렁이 무너지기 때문이란다. 다랭이 마을(이곳 사람들은 다랑논을 다랭이논이라고 부른다)이라는 별칭이 생길 만하다.

60여 가구가 살고 있는 다랭이마을은 마늘과 쌀농사가 소득원의 전부였다. 그러던 것이 2002년도에 농촌진흥청에서 농촌 전통 테마마을로 지정하면서 매년 '다랭이논 체험' 행사를 열고 있다. 바다와 인접해 있는 무공해 마을이라 하여 환경부에서 자연생태 우수마을이라는 이름도 붙여주었다. 다랭이 논으로 유명해지고, 암수바위(아이를 못 낳는 여인이 아무도 모르게 숫바위 밑에서 기도를 드리면 아이를 갖는다는 전설이 있다)로 사람들에게 알려지고 생태 우수마을로 지정되면서 가천마을의 관광수입은 꽤 늘어났지만 그래도 이곳의 주 수입은 여전히 벼와 마늘에서 나온다. 논

마늘이 한창 굵어질 때면 올라온 마늘종을 뽑아주어야 한다. 그렇게 하지 않으면 알이 굵어지지 않는다. 마늘대의 적당한 곳을 바늘로 찌른 다음, 지그시 힘을 주면 퐁, 하는 경쾌한 소리와 함께 마늘종이 뽑힌다. 남해 가천마을.

평야가 있는 곳에 큰 마을이 있듯이 산골짝 좁은 골엔 작은 마을이 있다. 마을은 있되, 경제 가치가 없어진 다랑논은 사라져간 다. 단풍보다도 아름답던 황금물결의 계단이었다. 구례 중대마을.

에 마늘을 재배하는 이유는 밭에서 마늘을 재배하면 연작 피해가 나타나 기 때문인데 논은 6개월 동안 물을 담아두기 때문에 매년 마늘을 심어도 피해가 없다고 한다. 보리나 밀보다 마늘에서 얻는 수익이 더 좋기도 해서 10월에 벼를 베어내고 나면 꼭 마늘을 심는다. 게다가 이곳 마늘은 해풍 을 받고 자라서 알이 단단하고 맛이 뛰어나다고 한다.

마늘을 심었던 다랑논에 6월이면 물이 채워지고 모가 뿌리를 내린다. 매년 농사짓는 땅이 조금씩 줄어들고 있지만, 가천마을에는 벼가 누렇게 익어가는 가을 들녘의 풍경이 아직 살아 있다.

가을 단풍보다 아름다운 황금빛 계단 | **구례 중대마을**

추수가 끝난 논에는 베어져나간 벼 밑둥이 가을의 흔적을 남기고 있다. 가을걷이가 끝난 마을은 봄처럼 화려한 기색은 없지만 풍요롭고 정겨운 모습이다.

예전의 중대마을은 산비탈을 타고 층층이 들어선 다랑논의 아름다움으로 기억되던 곳이다. 산자락에 터를 잡고 앉은 논은 가을이면 황금

사람의 세상이라도 사람의 시간이 아닌 때가 있다. 낫날이 휩쓸고 간 자그만 논배미에 사람이 알지 못하는 무언가와 교감하는 소. 허공에 지저귀는 코스모스. 지금이 바로 그런 시간이다. 구례 중대마을.

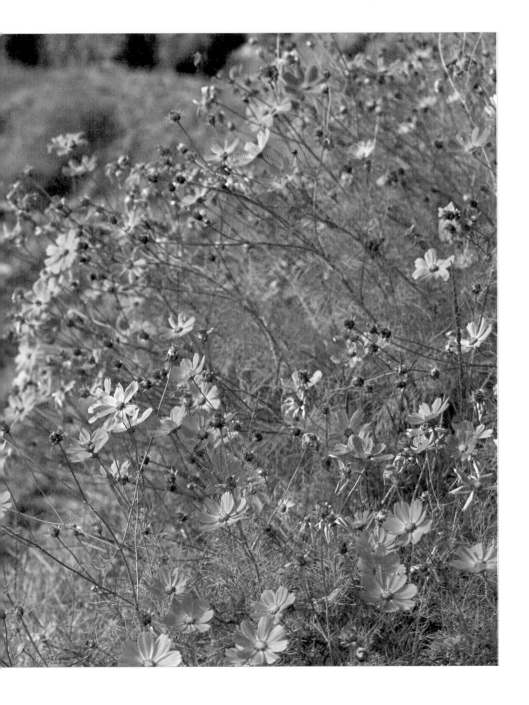

좁디좁은 다랑논들을 보면 얼핏, 이상한 생각이 든다. 자기 논이라는 표시로 거의 논만 한 논두렁을 만들다니. 그 오해는 노동
력과 농민의 역사를 생각하면 풀린다. 잠시 생각하시길. 구례 중대마을.

빛 계단으로 지리산을 아름답게 물들였다. 벼가 익을 무렵 맞은편 길에서 마을을 바라보면 그 풍경이 가을 단풍보다 아름다웠다. 봄이면 중대마을을 온통 노랗게 물들이던 산수유는 또 얼마나 고왔던가!

전남 구례군 토지면 문수리 중대마을은 문수골의 중앙에 위치한 지리산의 오지마을이다. 그 산골마을도 봄이면 농사일로 눈코 뜰 새 없이 바빴던 시절이 있었다. 집 앞 텃논이나 산 중턱 논에서 소와 사람이 실랑이 하는 소리가 봄의 대기를 부드럽게 흔들곤 했다.

스물다섯에 이곳에 들어와서 환갑이 넘도록 살았다는 황창옥 씨는 지난 세월이 화살 같다며 말문을 열었다.

"집을 둘러싸고 있는 땅이 다 논이었어. 그때가 좋았지. 농사짓는 맛도 나고, 힘들어도 살 만했지. 땅 있는 것이 제일 행복하던 시절이었으니까."

황 씨가 한창 벼농사를 지을 당시에는 벼농사로 먹고살 만했다고 한다. 논만 삼십 마지기나 되었다고 하니 지리산 골짜기에서 일군 논치고는 범상찮은 규모다. 평야 지대라면 대수로울 것도 없겠지만 지리산 골짜기의 수천 평 농사는 상상하기가 쉽지 않다. 모두 부모에게 물려받았다는 황 씨의 논은 집 주위에도 있었고, 산 중턱의 비탈에도 있었다. 아침 일찍 일어나서 논이 있는 산을 한 바퀴 둘러보고 오면 점심때가 되었다고 한다. 계곡에서 흘러 내려오는 물을 끌어다 사용한 덕에 물 걱정은 덜었지만 산 중턱 다랑논 농사가 수월할 리 없었다. 논배미가 워낙 작아서 소와 한평생 논농사를 지었다. 소가 들어가도 방향을 틀지 못하거나 그나마 소도 들어가지 못할 삿갓배미도 많아서 괭이로 직접 쟁기질을 대신했다고 하니 농사의 고단함이 오죽했으랴. 하지만 이제 소도 쓸모가 없어졌다. 그렇게 억척스럽게 농사를 지을 필요가 없기 때문이다.

천석꾼이 있고 만석꾼도 있었다. 내 땅을 다 밟아보지 못한 전설적인 땅 부자들이 있는 곳에 가장 허기진 빈농들이 있었다. 넓은 평야 너머 산비탈 다랑논은 하늘과 땅 차이였던 땅 부자와 빈농의 그림자다. 구례 오미리 들판.

지금은 마을에 벼농사를 짓는 이가 거의 없다. 나락을 베어서 팔기 위해 농사를 짓는 집은 더더욱 없다. 집에서 먹기 위해 두어 마지기 지을 뿐이다. 물 대기도 힘에 겨운지 이제는 모두 산두찰벼만 재배한다(이곳 사람들은 밭벼를 산두 또는 산두벼라고 한다). 일반 벼는 장에서 사먹는 것이 더 싸다고 한다. 나머지 논에는 집에서 쓸 메주를 쑤기 위한 콩을 심는다. 배추와 무 등을 심어놓은 논들도 더러 보인다. 모두 집에서 먹기 위해서다. 논농사를 짓기 위해 이곳으로 이사 오는 사람도 없다. 풍광이 빼어나서 전원생활을 하려고 이곳 땅을 찾는 이는 종종 있다고 한다. 그

래서 땅값이 만만치 않다. 화려했던 중대마을 다랑논의 명성도 이제 사라질 판이다.

현재 12가구가 살고 있는 중대마을의 주 소득원이 밤과 꿀로 바뀐지도 10여 년이 되었다고 한다. 벼보다는 밤이나 벌꿀이 더 수익이 좋아 집에서 가까운 논이나 인적이 뜸한 중턱의 논에 벌통을 두고 토종꿀을 생산한다. 다랑논에 벌통이 놓여 있는 풍경은 이제 더 이상 낯설지 않다. 밤나무는 산에 지천이니 가을에 떨어지는 밤을 줍기만 해도 수입이 짭짤하다. 힘들게 소를 끌고 논을 이리저리 누비지 않아도 된다. 논

농사는 단순 작업이 아니다. 모내기, 김매기, 타작하기 등이 공식적인 노동이라면 이름도 붙일 수 없는 비공식 노동이 그 몇 배는 된다. 그래서 사철 발 벗은 아낙과 사내가 있는 곳이 들판이다. 청산도.

에 모내기하고 추수하는 대신 밤 줍는 것이 이곳의 일상 풍경이 되었다. 지리산 골짜기의 산비탈 논이 다 그렇듯이 중대마을의 논은 경사가 얼마나 가파른지 보는 사람이 현기증이 날 정도인데 그 비탈에 매달려 일구어낸 삶의 흔적이 이제는 사라져가는 풍경이 되고 있는 것이다.

섬의 자연이 탄생시킨 구들장논   **완도 청산도**

점점이 떠 있는 섬들을 뒤로 하고 완도 녹동항에서 40여 분 뱃길을 나아가면 청산도가 이름처럼 푸른 산과 함께 모습을 드러낸다. 산도 푸르고, 물도 푸르고, 밭도 푸르다. 아직 익지 않은 풋보리가 초록으로 섬을 뒤덮고 있다. 섬에 닿는 순간 이방인의 마음도 보리 물결과 함께 깊은 곳에서 일렁이기 시작했다. 해는 아직 구름을 드나들면서 아침 햇살을 간간이 비춰주고 있다.

청산도는 섬 곳곳의 논이 빚어내는 아름다운 선이 인상적이다. 인위적이지 않아서 더욱 예술적인 논두렁의 선이 논과 논의 경계를 짓는다는 본래의 의미는 까맣게 잊은 듯 푸근하게 서로 어울려 있다.

육지와 청산도를 잇는 도청항에서 차로 3분 남짓 달리면 영화 〈서편제〉 촬영장소로 유명한 당리마을이 나온다. 소나무 숲이 우거진 당리마을의 논에는 유채꽃이 흐드러지게 피었고, 유채를 심지 않은 논에는 보리가 한창이다. 때는 이른 봄이라 관광객도 없고 진도아리랑이 구성지게 흘러나올 것 같은 돌담길은 한가롭다.

어딜 가나 돌이 흔한 청산도에서는 논두렁이나 마을의 담도 거의 돌로

하늘이 산과 바다를 열었다면 사람은 들판을 열었다. 온갖 생령들로 혼돈스런 땅에게, 사람을 위해 곡식을 키우라, 명하고 스스로 일구었다. 해와 달이 바뀌기를 수만 번. 보라, 사람이 연 들판, 산과 바다보다 아름답지 않은가. 청산도.

쌓는다. 돌 사이 구멍을 진흙 반죽으로 채워넣는 방법으로 집도 지었다. 이처럼 사방천지에 돌이 많으니 농사지을 땅도 당연히 돌밭이고, 그래서 생겨난 것이 구들장논이다. 이 구들장논의 논두렁이나 논바닥이 돌로 되었음은 쉽게 짐작할 수 있다. 하지만 돌밭을 일구어 비옥한 농토로 만드는 것이 만만한 일이었을까.

구들장논은 20여 년 전 방송에서 청산도 부흥리의 '구들장논'을 재현하여 촬영하면서 전국적으로 유명세를 타기 시작했다. 물론 청산도의 구들장논은 부흥리뿐만 아니라 당리, 읍리, 도락리 등 청산도의 모든 지역에

서 볼 수 있다.

그러나 사실 청산도에서 태어나 살았다는 마을 사람 몇몇에게 물어봐도 구들장논을 직접 만들었다는 이는 만나보지 못했다. 조상들이 만들어놓은 논을 물려받아서 농사를 짓고 있다는 것이다. 구들장논은 물이 자꾸 새서 자신들은 그것을 막는 방법만 열심히 연구했고, 언제 어떻게 구들장논이 만들어졌는지는 잘 모른다고들 했다.

다만, 마을 사람들이 여러 대를 거쳐 전해들었다는 이야기는 이렇다. 일단 큰 돌을 골라내고 땅을 평평하게 고른 다음 구들장을 놓듯이 돌을 놓

반듯하고 너른 평야가 아니면 순수하게 벼만 자라는 마을 논은 드물다. 유채나 콩, 비닐하우스나 과수 등이 제각기 논을 차지하고 있다. 어쩔 수 없는 논의 운명일까. 그러나 그 운명은 우리의 삶과 직결되어 있다. 청산도.

길을 만드는 것은 사람뿐이다. 발길의 증거이자 흔적. 더 번잡해지면 대로가 되고 가지 않으면 다시 수목의 거처가 된다. 무엇인들 그렇지 않으라. 생겼다가 돌아가는 일이 사람만의 일은 아니다. 청산도.

고 물빠짐을 방지하기 위해서 돌 사이에 진흙을 반죽해 채워넣고 그 위에 흙을 덮는다. 논두렁의 가장자리가 밖으로 나오게 하여 논의 면적을 넓히는 것도 이곳에서 볼 수 있는 특징이다.

이 구들장논은 흙이 깊지 않아 쟁기질을 할 때 쟁기날이 돌에 잘 부딪친다는 단점이 있다. 또 논을 만들 때 골라낸 돌로 논두렁을 쌓은 까닭에 논두렁을 통해 물이 잘 빠진다. 그러므로 흙은 곱게 갈아주고 써레질할 때 논두렁으로 흙을 모아 물 빠짐을 최대한 막아주는 것이 구들장논에서 농사짓는 요령이다.

구들장논은 거친 땅이나 돌밭을 일구어 만들었기 때문에 기계 작업이 불가능한 경우가 많다는 것도 어려운 점이다.

청산도에는 구들장논 외에도 무살, 개논, 구덕논 등 낯선 논 이름이 많이 전해진다. 그 중 무살은 물이 없어서 마른 논, 개논은 물을 대면 빠지지 않아서 항상 물이 차 있는 논(그래서 개논은 벼를 거둔 다음에 보리나 마늘을 심지 못한다), 구덕논은 물을 대면 금방 빠지는 논을 가리킨다. 청산도의 땅이 척박하다는 것을 이처럼 다양한 논 이름에서도 알 수 있다.

청산도의 4월 들녘에는 봄 햇살이 그윽하다. 논을 손질하는 농부의 옷깃에도 봄기운이 닿아 있다. 한창 논둑을 손질하던 박명보 씨는 잠시 쉬는 틈을 이용해 이야기를 들려준다.

"겁나게 농사 많이 지었제. 섬이라 해도 육지에서 쌀을 사먹지도 않았제. 도로 육지로 쌀을 팔았다니께."

환갑이 지난 그는 청산도에서 태어나 지금까지 살아왔다. 배를 타고 육지에 나가면 반나절만 지나도 청산도가 그립다는 그는 요즘은 농사지을 사람도 점점 줄어들고, 그 때문에 묵논이 많이 늘어나 농사지을 땅도 덩달아 줄어든다고 아쉬워한다. 청산도에도 농사짓는 사람들이 많아서 봄이면 섬 들녘이 시끌벅적하던 시절이 있었다. 소 부리는 소리, 새참 내오는 아낙들의 정겨운 발소리가 들녘을 가득 메웠다고 옛일을 회상한다.

많이 줄었다고는 해도 당리에서 부흥리로 가는 언덕에서 보면 부흥리의 논 풍경은 여전히 장관이다. 마을 집들을 사이에 두고 전부 논이다. 논사이로 2차선 도로가 마을과 마을을 이어주고 있다.

하지만 몇 년 전부터 젊은 사람들이 하나 둘 섬을 떠나면서 논농사는 찬밥 신세가 되고 있다. 여름에는 특히 놀고 있는 논들이 아름다운 논 풍

보리밭도 좋고 유채꽃도 좋다. 계절 따라 풍경은 변해도 들녘은 늘 그 자리에 있다. 버려져 묵은 논에 다시 수풀이 우거져도 어 찌하리. 그러나 우리는 진실을 안다. 바닷가 바위에 따개비가 붙어살 듯 사람도 언제까지나 땅에 발을 붙이고 살아가야 한다는 것을. 청산도.

경 사이에서 기계충 자국처럼 볼썽사납다.

　논은 3년만 놀리면 못 쓰는 땅이 되고 만다. 매년 쟁기질을 해주거나 관리를 해주어야 논이 논다운 모습을 지닐 수 있다. 청산도 사람들은 벼농 사를 짓지 않아도 일 년에 한 번씩 쟁기질을 해준다. 그렇다고 언제까지 쟁기질만 하면서 논을 묵힐 것인지 막막하다.

　어느새 자리를 털고 일어난 박명보 씨는 다시 논두렁 다듬기에 여념이 없다. 모내기 전에 논두렁을 부지런히 다져놓아야 하기 때문이다. 이렇게 애를 써도 핫바지에 방귀 새듯 물이 빠지는 것이 구들장논의 숙명이지만,

봄만 되면 논두렁으로 힘닿는 대로 흙을 끌어 모아서 물 빠짐을 늦추어야

하는 것도 청산도 사람들의 숙명이다.

논이 내게 말을 걸었다

초등학교 때, 수업을 마치면 친구들과 추수가 끝난 빈 논에서 공을 차고 놀았다. 책가방 챙기는 것보다 축구공 챙기는 게 먼저였을 만큼 축구에 푹 빠져 지냈던 그 시절, 철부지 우리에게 논은 선생님의 잔소리가 따라붙는 학교 운동장 대신 마음 놓고 공을 찰 수 있는 놀이터였다.

세월이 흘러 나는 도시민이 되었지만 농사와 관련된 온갖 것을 사진으로 담는 내 직업의 특성 때문에 논은 자주 내 카메라에 담겼다. 그러나 그뿐, 어린 시절 뛰어놀던 논바닥 벼 그루터기의 감촉마저 희미해지면서 처음부터 도시의 아스팔트 위에서 살아오기라도 한 양 논을 바라보는 내 눈은 무심해졌다.

그러던 어느 지방 출장길, 눈앞에 펼쳐진 모내기 풍경이 유독 눈을 잡아끌었다. 한참을 바라보고 있으려니 일하던 농부가 말을 걸어왔고, 손에는 모 한 춤을 쥔 채 아픈 허리를 펴던 농부의 모습이 한동안 머릿속에서 떠나지 않았다.

그것이 계기가 되어 보이지 않던 많은 사물들이 보이기 시작했다. 산이 보이고 집이 보이고 그 앞에 놓인 논이 보였다. 그리고 사람들이 보였다. 또 그들의 삶에 대해 생각하게 되었다.

논 주위를 배회하던 몇 년 동안 농부들을 만났고 그들의 이야기를 들었다. 그리고 수많은 사진을 기록으로 남겼다. 그렇게 쌓인 몇 년은 수천 년에 걸친 논과 농부의 이야기 가운데 아주 일부분만을 담았을 뿐이다. 그나

마 이 책에 실린 건 그 가운데서도 또 일부다. 많은 사진이 기록물로의 역할을 다하지 못하고 사장될 것 같아 아쉽지만, 이 책에 실린 것만이라도 많은 사람들과 나눌 수 있어서 다행이다.

들판에서 불어오는 바람을 맞고 서 있으면 농부들의 노고와 많은 생명들이 두런두런 속삭이는 소리를 느낄 수 있다. 그것이 사진을 직업으로 하는 나의 행복이기도 하다. 그 행복은 혼자 느끼기에는 너무 벅차다. 그래서 이 책을 통해 그 행복이 많은 사람들에게 조금이라도 전달되었으면 좋겠다.

이 책을 출판했으면 하고 생각한 것이 벌써 몇 해 전이다. 사진과 원고를 책장에 꽂아놓고 꽤 많은 시간이 흘렀다. 출력해둔 원고가 그냥 쓰레기통에 들어갈 뻔한 적도 있었고 컴퓨터에 저장해둔 원고 파일이 아직 남아 있나 미심쩍어 전원을 켜본 적도 있다. 그래도 세상의 빛을 볼 운이 이 책에 있었는지 우연한 기회에 책으로 엮이게 되었다.

책이 나오기까지 도와주신 분들이 너무나 많다. 그분들에 대한 고마움을 몇 마디 말로 다 표현할 수는 없겠다. 이 책이 이 땅의 논 이야기를 들려주는 책으로 남는 것이 그분들께 보답하는 길이라 생각한다.

최수연

참고문헌

《5백 년 고려사》(1999, 박종기, 푸른역사)

《겨레와 함께 한 쌀 도록》(2000, 국립중앙박물관, 통천문화사)

《국어어원사전》(2000, 서정범, 보고사)

《농촌진흥 30년사》(1993)

《동아세계대백과사전》(1994, 동아출판사)

《동의보감》(1998, 허준, 남산당)

《브리태니커백과사전》(1996, 한국브리태니커)

《산나물 재배와 이용법》(1991, 최영전, 오성출판사)

《우리가 정말 알아야 할 우리 농작물 백가지》(2000, 이철수, 현암사)

《우리가 지켜야 할 우리종자》(1999, 안완식, 사계절출판사)

《우리말 유래사전》(1994, 성문출판사편집부, 우리교육)

《우리의 소리를 찾아서 1》(2002, 최상일, 돌베개)

《조선시대 사람들은 어떻게 살았을까 1》(1996, 한국역사연구회, 청년사)

《한국 농업기술사》(1983)

《한국민속의 세계》(2001, 고려대학교민족문화연구소, 고려대학교민족문화연구원)

《한국의 녹색혁명》(1978, 농촌진흥청)

《한국의 미나리》(2002, 이병일, 산해)

《한국 주요작물의 품종개량》(1987)

〈우리나라의 논 유구 집성〉(2003, 곽종철, 경기대학교박물관)

논, 밥 한 그릇의 시원(*始原*)

1판 1쇄 펴냄 2008년 10월 1일
1판 2쇄 펴냄 2010년 8월 1일

지은이 최수연
펴낸이 노미영

펴낸곳 마고북스
등록 2002. 1. 8 제22-2083호
주소 서울시 마포구 서교동 458-20 푸른감성빌딩 2층
전화 02-523-3123
팩스 02-523-3187
전자 우편 magobooks@naver.com

ISBN 978-89-90496-41-6 03810